南望山微话

NANWANGSHAN WEIHUA

高新希 著

中国地质大学出版社
ZHONGGUO DIZHI DAXUE CHUBANSHE

图书在版编目(CIP)数据

南望山微话/高新希著. —武汉:中国地质大学出版社,2018.7
ISBN 978-7-5625-4346-6

Ⅰ.①南…
Ⅱ.①高…
Ⅲ.①散文集-中国-当代
Ⅳ.①I267

中国版本图书馆 CIP 数据核字(2018)第 158445 号

南望山微话		高新希 著
责任编辑:阎 娟	选题策划:徐蕾蕾	责任校对:徐蕾蕾

出版发行:中国地质大学出版社(武汉市洪山区鲁磨路388号) 邮政编码:430074
电　　话:(027)67883511　　传真:67883580　　E-mail:cbb@cug.edu.cn
经　　销:全国新华书店　　　　　　　　　　　　http://cugp.cug.edu.cn

开本:880毫米×1230毫米 1/32　　字数:191千字　　印张:6.625
版次:2018年7月第1版　　　　　　印次:2018年7月第1次印刷
印刷:武汉市华东印务有限责任公司

ISBN 978-7-5625-4346-6　　　　　　　　　　　　　　定价:35.00元

如有印装质量问题请与印刷厂联系调换

笔墨之香浓于酒

杜甫在《饮中八仙》中赞赏李白:"斗酒诗百篇"。一个人酒喝得兴味浓浓的,正好乘兴可以写写文章,我觉得是可信的。

中国地质大学(武汉)的高新希老师也爱这一口。非但"花时一樽",而是四季皆饮;除了自己喝点,也怂恿别人喝点。初识高老师是20世纪90年代初期,我与他爱人冯春秀老师是同事。后来我在后勤部门工作三年,与他又同事了三年。他性情豪爽,喜欢推杯换盏、俯仰吟啸的气氛,自己的一点快乐在酒里,也在酒后的桌边阅读与挥毫成文。午夜,时常也有电话扰人,高一声低一声地说:"多喝了一口,睡不着,看书呢,写点小东西哩。"王献之有"雪夜访戴"的雅兴,夏季酷暑时节,高老师则有"雨中送书稿"的虔诚。他急匆匆地来了,冒着武汉常有的那种大雨,送来他准备出版的《南望山微话》(散文、杂论、随笔集),还有《生活中悟得》(诗歌、散文诗、诗论集),厚实实的两扎,诚恳地对我说:"这是我要出版的两本书,请您为我写个序吧!"接过的两扎书稿还泛着浓浓的墨香。谁能料到,一个善饮之人今天写点明天写点,竟然集成了这厚厚的两扎!足见,他平时饮酒认真,写文章更当回事儿。

孙犁先生说:"散文是老年人的文体,不能捏造,不可突击。"《南望山微话》《生活中悟得》这么厚重的两本,绝非一天两日拼凑得来。硬桌子,冷板凳,谁不知道做文章是聪明人干的傻事呢。一笔一笔地写,一篇一篇地熬,春燕秋鸿也不过如此吧。看来,酒前热闹人常见,酒后寂寥无人知。高老师笔下的历史钩沉、现实反思,并未局限于卖弄文辞、玩票消遣的小圈子里。一读,就感到他的文章里有着宝贵的忧患意识与人文情怀。官场腐败、市井俚俗、文化流弊……形形色色的话题都被他敏锐地捕捉到了。指手画脚并不难,难在钻出一点独特的想法,拾人牙慧还叫什么文章?高老师作品贵在有他独立的思考,他揪住一件事情,有下手的理由,有解剖的技术,还能换个应时应季的好价钱出手。他这两扎书稿中的文章都在《湖北日报》《长江日报》《学习月刊》《襄阳日报》《工人日报》《精神文明报》《德育报》《长江航运报》《光明日报》等媒体抛头露面过。

虽说过着"半壶酒一囊书"的日子,很雅致,但翻翻家底,高老师生长于贫穷的农村,扛过几年枪未曾上过战场,读书后便留在高校工作。在职期间,恪尽职守。暇时,舞笔杆弄电脑,喜欢文学;爱写"千字文",多系"小言论";无惊世之作,少骇俗之语。一个名不见经传的人,要著书立说,传播思想,背后要付出多少苦心经营、铁砚磨穿。古人云:"十年窗前无人问,一朝成名天下闻",那是对科举制度的幻想,如今,作家已不是什么稀罕奇缺的人物了,写几篇文章或者一两部书就谈论富贵功名,显然是痴人说梦;但以文学为理想、做事业的人,却世代不绝——当然,迄今极少有人能在写作这个行当里富甲一方。高老师走到如今这一步,完全靠的是自信。有人羡慕:"不知子晋缘何事,只学吹箫便得仙",这等便宜,怕是做梦都碰不到了。侯宝林大师谈作艺时说了一句话:"功夫大了";孙犁先生说作文时同样是一句话:"千古名师,也无非叫你多读多写;文学,全靠自身的素质和坚韧的努力"。想必高老师也是深谙此道的。

"唯有菊花蓬蓬开,千姿百态竞芬芳。露冷寒凝挺傲骨,风刀霜剑犹抱香。"这是高老师《菊的赞歌》诗中的摘句,我原本想他只写散文、议论文和随笔的,没想到这一次开了眼界,也见到他的诗歌、散文诗及诗论。他有篇散文诗《把自己打磨成金子》,我觉得他也是在不断地打磨自己,能否打磨成金子靠的是毅力和恒心,当然也要靠天份,坚定地走下去,成不了金子,也应该要比原来的自己闪亮多了吧。他在散文诗《以泥土的姿态扑向草根》结尾部分写道:"能在'草根'周围做一块能干事、肯干事、乐于奉献的泥土是有幸的,我们应该珍惜这样的机会,将一块泥土的功效发挥到极致,时时自我改良,多干利民、惠民、富民之事,永不言悔,永不懈怠。"这当然是一种无私的奉献精神。

人说,新闻好热闹,文学喜清净。高老师饮酒时算是一种热闹吧,酒后乘兴写作或读书应是一种清净吧。古人慨叹:"无情何必生斯世,有好终经累此生。"古人这话讲的也不尽然,人不能做清教徒,更不能苟活着;人生就是百年也很短暂,无需各种表演。能像高老师这样顺其自然、顺心随意地做几件自己喜欢的事,物役之"累",也能转化为精神的财富与心灵的快乐。

这种充满激情而富有雅兴的生活态度值得我学习,是为序,更为表达崇敬之意。

王林清

2018 年 5 月

目 录

朋友是书 …………………………………………（1）

乡村是我终身的根 ………………………………（3）

美与风度 …………………………………………（6）

韶山行 ……………………………………………（7）

感恩教育好 ………………………………………（9）

人生有"三难" ……………………………………（11）

独爱秋天 …………………………………………（13）

文人与酒 …………………………………………（15）

茶之道 ……………………………………………（17）

选定一把椅子 ……………………………………（19）

三年后的生活自己决定 …………………………（22）

渴望初春 …………………………………………（23）

条条大路通罗马 …………………………………（25）

名人与读书 ………………………………………（27）

"才须学" …………………………………………（29）

择别人不择的职业 …………………………………… (31)

因为"非典" ……………………………………………… (33)

"非典"时期好读书 …………………………………… (35)

"非典"并不可怕 ……………………………………… (37)

平凡也是一种伟大 …………………………………… (41)

珍惜生活 ………………………………………………… (43)

读书贵乎精 …………………………………………… (45)

习惯的力量 …………………………………………… (47)

擦净自己的窗子 ……………………………………… (49)

书的作用 ………………………………………………… (51)

人格魅力(一) ………………………………………… (54)

人格魅力(二) ………………………………………… (56)

随感两则 ………………………………………………… (58)

"集资"不如"集智" …………………………………… (60)

着意原资妙选材 ……………………………………… (61)

"补牢"与"补劳" ……………………………………… (63)

信念二题 ………………………………………………… (65)

可贵的自律 …………………………………………… (67)

"旧时月色"照后学 …………………………………… (68)

跛脚道人的罪过 ……………………………………… (70)

民营也是好风光 ……………………………………… (72)

英雄赞歌 …………………………………… (74)

人生何求 …………………………………… (76)

故乡霉豆腐 ………………………………… (78)

壶底观瀑 …………………………………… (80)

感悟生命 …………………………………… (82)

思想如水 …………………………………… (83)

雨中城市 …………………………………… (86)

怎样做人做事 ……………………………… (88)

埋怨与微笑 ………………………………… (91)

留住心灵的青春 …………………………… (92)

老歌如友 …………………………………… (94)

人生感悟 …………………………………… (96)

乐淘旧书 …………………………………… (97)

天池絮韵 …………………………………… (99)

丽江行 ……………………………………… (101)

守候清江 …………………………………… (104)

识才与用才 ………………………………… (106)

说"狐" ……………………………………… (109)

走好人生之路 ……………………………… (112)

人生絮语 …………………………………… (115)

近水楼台谁得月 "杨利伟"牌 …………… (117)

小评论写作谈片 …………………………………… (120)

直陈血性是文章 …………………………………… (125)

校园文学又一春 …………………………………… (129)

文学与音乐 ………………………………………… (134)

新闻评论大众化的几种途径 ……………………… (138)

新闻小评论的"贵气" ……………………………… (140)

九寨沟水韵 ………………………………………… (145)

无限春光,撞上了我的眼 ………………………… (148)

意咏秋天 …………………………………………… (150)

伟业千古事 ………………………………………… (151)

学做时代精神的富有者 …………………………… (154)

微花能自拔 ………………………………………… (157)

那个时间、空间大写的人 ………………………… (159)

清欢人生 …………………………………………… (161)

书润心田 …………………………………………… (163)

人生如喝茶 ………………………………………… (165)

诗意杨柳春风闹 …………………………………… (166)

体力劳动是一种砥砺 ……………………………… (168)

不可只盯"闪光点" ………………………………… (170)

太阳总是新的 ……………………………………… (172)

君子泰而不骄 ……………………………………… (173)

饮酒攻略 …………………………………… (175)

莫给腐败推波助澜 ………………………… (178)

侃"牌" ……………………………………… (180)

牛玉儒为官之道 …………………………… (183)

侃"嫉妒" …………………………………… (185)

留点空间思考 ……………………………… (187)

朋友和他的儿子 …………………………… (189)

黄山挑夫 …………………………………… (192)

勤劳·创新·致富 ………………………… (194)

你比别人多做了什么？ …………………… (196)

从胡雪岩故居说勤俭 ……………………… (197)

后记 ………………………………………… (198)

南望山微话

朋友是书

读书藏书,已成为我的癖好,然而更甚的却是读朋友这本"书"。

一杯香茗一本书,一支钢笔一页纸,每当自己一个人泡在书堆中,读古代书,读现代书,读当代书,读所有不相识人的书时,心里总有一种不安,生怕把持不住自己,被作者所牵引。读者与书之间存在的认识和实践的距离,容易造成一种朦胧的美,只是这种美往往被读者所独有,这种吸引力是单方面的,而我又偏记得这么一句古训:尽信书不如无书。平日我总在想,读书的最高境界也许是活学活用,但看一看周围并没有形成这样的风气,方才明白这是一种被动的学和用。

读朋友这本"书"则不同。今日读他,潇洒飘逸,超然于世,清灵得让人羡慕不已;他日相逢,深沉练达,愤然于世,稳健得令人感慨不已,这是何等快乐的事情。

对挚友自然是随时可读,不必拘于礼俗,不必上酒馆下舞池,陌路相逢,他乡相遇,只要心里装有"真诚待人"的准则,挚友的一言一笑、一举一动都可成为佳作,即便"有约不

来过夜半",依然"闲敲棋子落灯花"。挚友可以读一辈子,可以读来读去,可以慢条斯理地读,可以面红耳赤地读。读到高兴处可以忘乎所以,共喜共乐;读到愤懑处可以击掌怒视,同悲同泣。挚友,必须用心去读。

朋友这本"书"好就好在没有封面,没有封底,没有目录,没有序言,没有开头,没有结尾,不仅让人一上来就读到正文,而且常读常新,永远读不完。

好书难得,好友难觅,书要读,朋友更要读。

(2005.3.2)

南望山微话

乡村是我终身的根

不管在繁华的都市浸泡多久,我都忘不了乡村。每当我站到竹篱、水井和摆满粗瓷碗的竹凉床边,就会有一种亲切感,那些散发着青草气息的物与事,就会历历在目。

读中学时,家门前菜园边有几株花树,每当秋蝉鸣枝时,就会有粉的、紫的花朵缀满枝头。记得有位住惯县城的同学见了说:"喵,这是丁香吧?""不,是紫薇。丁香开在春天呢!"我的小妹口齿伶俐地回答客人。在乡下,许多不经意的花、水塘、菱荷与朴素的居家人浑然一体,这与城里人在阳台上摆几盆花草是多么的不同。当日落星繁,热闹的虫鸣就潮落石出,偶尔的犬吠像几个跳荡的强音。那些就着昏暗的油灯夜读的童年和少年时光,至今还能温馨我的回忆。更有后山晚秋时节,夜来常闻禽鸣,若深入山中,更是有"霜落熊升树,林空鹿饮溪"的光景。由于对黑夜的恐惧,那时我多半是倚在胭红的木桌边,读一部永远破边的损页的书。

后来我离开乡村,去远离竹篱、水井的都市读书、谋生,突如其来的繁华和文明让我十分惊奇,这是别一番世界:拥挤、秩序、高傲、强大……街面的滚滚红尘和邻居防盗门里深

掩心机的眼神,让我的灵魂感受到一种巨大的失落。更令人不堪的是都市人感觉太良好了,哪怕他家三代挤在半间公房里流汗流泪,忍受着都市的压力,可他们提到乡村,却一脸不屑,把在那儿生活的饮食男女响亮地唤为乡巴佬!在偶尔加入的歌舞饮宴上,我面对西装革履气色红润的都市人,也失去了从前的坦然。我开始避谈我的乡村,避谈我田间的父母,举手投足之间拼命擦洗腿上的泥迹,我在摆脱我的根呢。

这时发生了一件事,它是我心路历程的一个转折。一天下课,路过女生宿舍,见路旁一位十分姣美的女生与一位苍老独眼的鞋匠老人很亲昵。她坐在老人对面的马扎上边说话边将自己碗里的肉片拨向老人的瓷盆,而老人极力避让。又一日,见女生替老人缝扣子,缝好后女生帮他穿上,而老人则像个大孩子。我内心深处感动得发酸。后来常在傍晚时分看到女生挑着鞋担送老人出校园,上晚自习的同学都注意到,佝偻的老人比修长的女儿整整矮去半头。可我觉得夕阳里他们父女所透出的和谐使我终生难忘。从此,孤寂的夜里,当远处的火车鸣声让我生出一缕乡思时,我忽然觉得有一种什么东西又在心田里复苏。呵,那就是做人的朴素、坦然。应该感谢那女孩,她是我成长旅途中的一盏灯。

辗转都市多年,太多的喧闹、浊气使乡村成了亲切的诱惑,我总渴望田园。当有人为所在的城市越来越大,楼群越来越高而兴奋不已时,我却为失去依山傍水的村庄黯然神伤。昨日的荒郊转眼变成城市的腹地,车轮碾它,人群踏它,繁华的尘埃覆盖它,卡拉 OK 的喧嚣声驱走往日月夜下这片土地上昆虫的歌声。城市与乡村交织在我的情感里,让我更多的时候搓不圆捏不扁。但无论如何此身已无法做纯粹的城市人,无法平静地听人将溅满泥迹的乡亲唤作乡巴佬。赤日炎炎的盛夏,我知道挥镰收割的父亲及哥哥是如何摇晃疲劳的身体去捧沟里并不清凉的水喝;滴水成冰的冬夜,我知道满头白发的母亲和体态纤弱的姐姐如何红着眼圈伏在机器上织着那粗糙的草包。我爱乡村,因为我属于乡村,那是我终身的根,精神的家园。

(2004.2.9)

美与风度

不论是美,还是风度,都离不开自然。如果不自然,男人欲表现潇洒,便成了做作,女人欲显示妩媚,便成媚俗。

优雅的风度,有赖于丰富的内涵,这也就是为什么那些受过良好教育的人,往往风度高雅。美可以哭,梨花一枝春带雨。风度却只能够笑,谈笑间,樯橹灰飞烟灭。美流了泪,还是美;风度一旦呜咽了,便不称其为风度了。

容貌美丽的人,常常是些很幸运的人;风度高雅的人,往往是些很出色的人。

美是一种浅层次的优雅,优雅是一种深刻的美。我们从美中得到的是愉悦,我们从风度中得到的是启迪。

女人回眸一笑,可以是一种生动的美,男人间亲昵的当胸一拳,可以体现一种强悍的风度。不过必须记住,任何能够增强自身美或风度效果的动作,都不宜过多重复。否则,不但不再是一种美或者风度,反而是一种毛病。美是一朵鲜艳的花,风度是一棵常青的树;时间是美的敌人,却是风度的朋友。

一个容貌姣好的女子,她可能俗气而且愚昧;一个风度飘逸的女子,她必定和谐而且聪慧。

美,或者风度,都不是随便可以模仿的,说明这一点的最好例子就是那个东施效颦的典故。　　　　　　(2004.4.7)

南望山微话

韶山行

去韶山那天,天空下起了毛毛细雨,车子在细雨蒙蒙中行驰,公路两旁是一望无际的万顷良田。举目望去,农民正头戴斗笠,身披蓑衣,手扶犁耙在水田里耕作。

我们一行先参观了被毛主席在一封信中称之为"西方有个山洞"的滴水洞。这里群山环绕,松林葱茏,鸟语花香。1966年,73岁的毛主席曾在这里流连忘返,已经坐进即将离去的汽车,却又退回室内静默枯坐了20分钟,最终长叹"身不由己"而离去。那垂垂老矣的心境,透着凡人概莫能外的沧桑。我们观看了毛主席的居室和办公室后,沿着一条时隐时现的羊肠小道登上山顶,拜扫了毛主席父母的坟墓。返回路上,我们又观看了路边长长的诗词碑林,在这诗词碑林中,既有各国友人对毛主席饱含深情的赞美诗篇,也有我国老一辈革命家热情讴歌毛主席丰功伟绩的光辉篇章。胡绳先生有一首词曰:"韶乐已停尚有村,群林始染吊英魂。巍然勋业兼文采,功过千秋有定论。"

随后,我们来到上屋场,参观了毛泽东故居。当我站在毛主席像前,凝视着青年时代的毛泽东时,不禁思绪万千,毛

南望山微话

主席领导中国人民进行波澜壮阔的革命斗争的历史在我脑海里重现。

中午,我们在小有名气的毛家饭店就餐。女老板名叫汤瑞仁,瘦削精干。她和毛泽东家曾是邻居。20世纪50年代,毛泽东重返故里,曾到她家看望,有人为他们摄下了难忘的一瞬。我们一进门汤太婆便指着墙上那张照片说,那个抱小孩的就是我。她说,你们都是毛主席的客人,若不是毛主席,你们怎么会到我的饭店来吃饭呢?我们都冲着她会心地笑了。

离别韶山时,只见远处"杜鹃声里雨如烟"的田野上当地农民仍在辛勤耕作。回过头来,我们最后再看一眼毛泽东故里,此时,我的眼睛湿润了,心里默默地问着自己:韶山!何时再到您的身边?

(2005.3.19)

南望山微话

感恩教育好

不久前,一则《月月领取救助款,从不写信给恩人,这些大学生要补道德课》的消息报道说,自1996年夏季开始,经《福州晚报》牵线搭桥,得以圆了大学梦的逾千名学子,已有近400名完成学业。但这中间只有不到一成与资助者有过信件往来,表达过感激之情,写过两封信的不足10人。

由此笔者联想到一些大学生家长的反映,孩子平时很少给父母写信或打电话,一写信或打电话就是要钱,问候的话语和情感交流甚少。尽管中国自古以来就有"施恩不图报"的美德,但是还有"知恩不报非君子""滴水之恩当涌泉相报"的古训。一个受过高等教育的人不仅应该孝敬父母,尊敬师长,而且对于曾经帮助过自己的人,也应该发自内心地感激,而不应该忘恩负义。感恩是社会上每个人都应该有的基本道德准则,是做人的起码的修养,也是人之常情。不会感恩或者不愿意感恩,既是缺乏修养的表现,又是缺乏人文关怀、情感冷漠、缺少人情味的表现。我认为,对大学生中出现的忘恩行为,不能只是批评指责,也与学校德育不到位,尤其是忽视感恩教育有关。

南望山微话

　　日本的一些学校十分重视对学生进行"感恩教育"。他们的感恩教育主要是讲父母养育了我们,我们应该感谢父母;老师给予了我们知识,提高了我们的能力,我们应该感谢老师;他人关心帮助了我们,我们应该感谢他人。这些看似朴素的感恩教育中却蕴藏着深刻的人情味和人文关怀。

　　其实,中国的感恩教育源远流长,有着十分悠久的历史,是值得我们不断继承和发扬的。我认为,大学生的感恩教育,不要好高骛远,要从诸如教育他们主动帮助老师擦黑板,对师长有礼貌,尊重老师,关心理解父母,为父母分忧等身边的实在小事做起,着力培养大学生的感恩意识,使他们"吃水不忘挖井人",永不忘记别人的帮助之恩,不忘父母、师长的养育教导之恩。

(2005.5.6)

人生有"三难"

  人在世上要活得像一个人(前一个"人"是自然的人,后一个"人"是脱离低级趣味、高尚的人),就得跨越三道难关。

  管住自己难。管住自己,说起来容易,做起来难。看似简单的道理,可是偏偏有人"眼里识得破,肚里忍不过",明知故犯,由思想"跑马"、道德"放羊"、品行"狂泻"而滑向犯罪的深渊。以某腐败分子为例,会上反腐倡廉,会下受贿捞钱,白天艰苦朴素,晚上吃喝嫖赌,自以为吃点喝点不算啥,拿点掖点事不大。管不住自己的嘴,不该吃的偏吃;管不住自己的手,不该拿的硬拿;管不住自己的腿,不该去的偏去;管不住手中的权,不该干的偏干。人最大的敌人是自己,管不住自己,首先就会被自己打败,自知者明,自胜者强,这是历史的必然结论。

  理解别人难。理解万岁,人人会喊,但遇到具体事,真正需要理解别人时就难以做到。无论在单位,还是在家庭,由于不能理解别人,最容易嚼舌头,说闲话,勾心斗角,搞内耗,贻误事业,耽搁人生,陷入旷日持久、心智疲惫、毫无意义的纠葛。一旦陷入这种纠葛,就不能自拔,等到皓首之年,空悲切,光阴虚度,一事无成。其实,"古今多少事,都在笑谈中",有了这个宽阔的胸怀,生活就增添了不少乐趣,保持了健康平衡的心理状态,既能事业有成,又能延年益寿。

一辈子做好事难。"一个人做点好事并不难,难的是一辈子做好事。"这个"难"字,实际上就是人生的考卷。在当今商品经济社会环境里,媚俗成了流行的人生态度,被物欲化、工具化的一些人,灵魂污染,精神扭曲,信仰迷乱,依附权势、金钱,为人贪婪钻营。他们企求的是"人人为我",而把"我为人人"抛于脑后,昔日做过一点好事,就图回报、要补偿,把贪欲之手伸向他人、伸向国家,钻法律的空子,越纪律的底线,违社会的良俗,干出违纪违法违背良心的事情,最终把自己拉下马、关进牢,推到了人民的对立面,只留下一世骂名,累及子孙。

人要成为一个高尚的人,给后人留下一个好口碑,就要在人生的征途中管住自己,理解别人,一辈子做好事,这的确需要一番硬功夫。

(2005.4.23)

南望山微话

独爱秋天

有人喜爱春天,因为她遍地是花,像少女般充满朝气与芳香;有人喜爱夏天,他有男人般坚强的意志和宽厚的臂膀;有人喜爱冬天,雪天里白融融的一片,象征纯洁和美好;而我喜爱秋天。这倒不是受朱自清笔下《秋色赋》的影响,而是因为秋的"博大"和"收获"。

曾几何时,唱过"蓝蓝的天上白云飘,白云下面马儿跑……"虽然不是蒙古人,也没有到过大草原,但望着蓝天白云,常常使我仿佛置身于大自然的怀抱。看,田间地头,到处是忙碌的人群,大豆熟了,高粱熟了,金灿灿的玉米露出笑脸,向人们展示着丰收的喜悦。曾记得孩提时,也是在蓝天白云下,父亲从县城回来,将地头掰过的大堆玉米穗往家挑,我和年长我两岁的姐姐一趟接一趟陪着父亲往家跑,为的是父亲跑空趟时能坐"竹筐"。父亲一头挑一个,我躺在竹筐里,手扶着竹柄,望着头顶上的蓝天,像是打秋千,又像是和着白云飘浮在空中,那感觉美极了,似乎忘记了父亲肩上的扁担和额头上的汗珠。姐弟俩时不时地坐起偷望着对方,再看看父亲,咯咯地笑着,银铃般的笑声回荡在山间。那时还

小,不会吟诗,不会作赋,但当时那情景——秋的博大和父亲的背影,给我留下了很深的印象。

  如今,二十多年过去了,再一次迎来秋天。在这金色季节里,想到的不仅仅是孩提时的那种童真,更多的是一种启示和感悟。空暇之余,总感叹自己平庸的人生,一天到晚忙忙碌碌,上班下班,随着川流的人群从东到西,从南到北……也许生活就是这样,人生有起点,没有终点。一位友人说得好:尽管我们的事业并非显赫一时,但它也是人类所需要的。只要自己在平凡的岗位上,用勤劳的双手,在心灵的净土里,不断播种着、奋斗着、追求着、希望着,也是一种"收获"。

  人生需要秋的博大!人生需要秋的收获!

(2005.10.27)

南望山微话

文人与酒

酒是人类文化的象征之一,中国是酒的王国。酒可以其绵柔之性,化干戈为玉帛;酒可以其浓烈之性,使人壮怀激烈;酒可让知己相逢千杯少;酒也可在"鸿门宴"上使醉翁之意不在酒……

中国酒文化的特色之一是诗人与酒的不解之缘。在文人圈中往往是诗增酒趣、酒扬诗魂,有酒必有诗,无酒不成诗。

遥想李白当年斗酒诗百篇,气势如奔雪,作诗则如长鲸吸百川,他的名诗《将进酒》中"人生得意须尽欢,莫使金樽空对月"以及"五花马、千金裘,呼儿将出换美酒,与尔同销万古愁"让人吟诵至今。他自称酒中仙,一生以酒闻名,其死因也曾传说是因酒醉后向水中捞月,其自然风雅真是至死如一。

大词人苏东坡写酒的诗词更是令人神往,最有名的是《水调歌头》:"明月几时有,把酒问青天,不知天上宫阙,今夕是何年……"读来真是醉态可掬。另一位大诗人白居易自称"醉司马",有关饮酒的诗达 800 多首,并写出了讴歌饮酒之文《酒功赞》,还创办了"香山九老"的诗酒会,"绿蚁新醅酒,红泥小火炉。晚来天欲雪,能饮一杯无"可说是"诗朋酒侣"的最佳注解:晚来天气阴沉欲雪,美酒已经香醇可饮了,升上一炉火,问朋友是否可以共饮一杯?有酒驱寒,加上红泥小火炉的温馨,与知己朋友的亲切,气氛之温馨,令人不禁神往,诗人所乐享的生涯也就在简单的二十字之中了。

最具潇洒自然之美,也最脍炙人口的一首写卖酒人家的诗,是杜牧的《清明》:"清明时节雨纷纷,路上行上欲断魂。借问酒家何处有,牧童遥指杏花村。"清明时节的霏霏细雨,加上可爱纯朴的牧童,还有春雨中安闲静谧的杏花村,然后出现隐在林外的卖酒人家,画面何等凄美?

诗酒联姻的传统源远流长,硕果累累。酒使诗人情绪高昂,感情冲动,奇思妙想而创瑰丽之诗境,它使杜甫吟出"醉里从为客,诗成觉有神",北宋范仲淹的"酒入愁肠,化作相思泪",欧阳修的"醉翁之意不在酒,在乎山水之间也"及"文章太守,挥毫万字,一饮千钟",杨升庵的"惯看秋日春风,一壶浊酒喜相逢",无一不是美酒浇开的诗之花,美酒溢出的诗之韵。

诗人们对酒高格调的欣赏及他们笔下超逸的诗兴豪情,构成了丰富多彩、千姿百态的酒文化,使人们对喝酒一事也跟着有了很高境界的品味与欣赏。

(2005.4.12)

茶之道

素来以为,茶是一种最经典的植物,生于幽谷,长于青山,结庐林间,饮尽山灵水秀。"茶",很静态,很内敛,很纯粹,很古典。茶是大地孕育的诗情。

茶源于东方,本属于中国,文人墨客,读一点书写一手字斯斯文文的知识分子对之尤其钟意。茶自陆羽的《茶经》走出,浩如烟海的典籍卷帙中随处可见她的踪影。

"茶类隐",而我们并非真正的隐士。真的离得开尘世的喧嚣,便约三两个朋友一同品茶,伴着舒缓的古筝,那些小巧而精致的茶具,壶、杯、勺、盏,在艺人的手中就有了生命,有了灵性,行云流水般,如一柄剑挥舞在侠客的手上。看着她含着恬静的笑容斟茶,低低的眉如缤开了两枚修长的茶叶。茶香的缥缈,如深谷幽兰,若隐若现,浅啜细酌,通体舒泰。

捧盏独品,常忆起东坡的"从来佳茗似佳人"。茶如女人。龙井清新淡雅,淡淡一口,眼前幻化出娴静雅致的古典女人,举手投足间有清芬飘散出来。茉莉花茶有着少女初恋般的芳醇,质朴纯真,让人想起素衣女孩儿隔河浅笑低吟。毛尖茶最言情,清香温润,缠绵于心,骤然入口,让人有销魂的迷惘。铁观音茶有一种沧桑中冶炼过的从容风味,品来心下不由得生出诸多感慨。茶如人,人如茶,千种风情万种姿

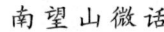

态在杯中萦绕不绝。

人生如茶。初沏茶时,叶片儿沸沸扬扬,万头攒动,热闹非凡,犹如少年初涉尘世的喧哗。洗茶过后,香气渐浓,似盛年时期的辉煌。茶过三道,其香则弱,仿佛暮年后一切皆归于平淡。但茶竭尽全力散发着最后的余香,在淡泊中坚守往昔的辉煌。

淡淡茶香,引领我们从繁杂琐碎的日常生活,走向诗,走出画,走向哲思。品茶论诗是赏心乐事,饮茶品书是难得的清福。一片细小的茶叶,纤弱,无足轻重,一旦与水融合,立即就释放出自己的一切,献出生命的全部精华。朵朵嫩芽,缓缓舒展,一叶一芽交相辉映,茸茸纤毫毕现。我常在茶的清香中感动不已,因为她连接着土地的血脉,代表着一种清香高尚的生活态度,彰显着大地高贵无言的情怀。人类除了劳作,更需要滋育精神,需要恬淡如水的宁静和返璞归真的歌吟。茶的解毒功能绝不仅仅是对于我们的身体,更是对我们的精神。人类需要通过品茶来领悟人生和营造天、地、人、物、我之间的相处之道。

今日偶得薄云小雨天气,窗外竹树翠绿花含苞,案头小灯晶莹,兼得人闲。此时净手沏茶,凝视那些纤瘦的叶子、丰腴的叶子在水中潜泳。一缕空灵的气息,在无言的静谧里,在叶与叶之间悄然盛开,在茶与水之中秘密传递,由远而近,似有还无。此刻,人与茶融为一体。

(2005.6.26)

南望山微话

选定一把椅子

意大利著名男高音歌唱家帕瓦罗蒂回顾自己走过的成功之路时说:"当我还是一个孩子时,我的父亲,一个面包师,就开始教我学习唱歌。他鼓励我刻苦练习,提高运用嗓子的功底。当时,我兴趣广泛,有很多爱好和目标,想当老师,想当科学家,还想当歌唱家。父亲告诫我说,孩子,如果你想同时坐两把椅子,你就会掉到两把椅子之间的地上。在人生道路上,你应该选定一把椅子。"

"经过反复考虑,我选择了唱歌。于是,经过七年的不懈学习,终于第一次登台演出。又用了七年,才得以进入大都会歌剧院。而第三个七年结束时,我终于成了歌唱家。要问我成功的诀窍,那就是一句话:请你选定一把椅子。"

"选定一把椅子",就是要专心致志干好一件事。森林里有一种鼯鼠,能飞飞不远,能爬树爬不快,能挖洞挖不深,看着是一身本事,却都不大管用,很容易成为食肉动物的口中餐,它吃亏就在于没有把一门技术学精。同样的道理,贪心的猎人要追向五个方向跑的兔子,也只能是一无所获。所以常言说"行行通不如一行精""一招鲜,吃遍天",行行都通,但

样样稀松的人,在哪儿都不受欢迎。所以,一个人业余爱好尽可以广泛涉猎一些,吹拉弹唱琴棋书画都摸两把,但干事业则一定要集中精力,心无旁骛,"选定一把椅子",聚精会神地干下去,以做到"术业有专攻"。

荀子《劝学》中说得好:"蚓无爪牙之利,筋骨之强,上食埃土,下饮黄泉,用心一也。蟹六跪而二螯,非蛇鳝之穴无可寄托者,用心躁也。"所谓"用心一也",也就是"选定一把椅子",古往今来,但凡有大成就大建树者,无不如此。李时珍选定的是采集中药治病救人的"椅子",达尔文选定的是发现进化论这把"椅子",莱特兄弟选定的是造飞机这把"椅子",巴尔扎克选定的是写小说这把"椅子",马克思选定的则是创建科学社会主义理论这把"椅子",他们都成功了,都成了他们所在领域里的领军人物。

当然,"选定一把椅子",有个重要前提,就是"椅子"一定要选准选对。放眼望去,满世界都是"椅子",花花绿绿,琳琅满目,但哪一把更适合你,却要认真思量,精心挑选,要尽可能选最适合自己的那把"椅子"。譬如帕瓦罗蒂,他从小声带好,音域宽,乐感强,父亲和老师都认为他是唱歌的料,因而朝着这条路走下来,就比较容易成功。那么,一旦选定"椅子",就应该坚定不移地为坐稳坐好这把"椅子"而努力奋斗,像帕瓦罗蒂那样,用一个又一个七年去实现自己的目标,才有了《我的太阳》那样绕梁三日的金石之音。

人生苦短,心无二用。那么,当我们在欣赏帕瓦罗蒂那穿云裂石的美妙歌声时,也请记住他的人生箴言:"选定一把椅子。"

(2005.7.13)

南望山微话

三年后的生活自己决定

有三个人要被关进监狱三年,监狱长让他们一人提一个要求。美国人爱抽雪茄,要了三箱雪茄。法国人最浪漫,要一个美丽的女子相伴。而犹太人说,他要一部与外界沟通的电话。

三年过后,第一个冲出来的是美国人,嘴里鼻孔里塞满了雪茄,大喊道:"给我火,给我火!"原来他忘了要火了。接着出来的是法国人,只见他手里抱着一个小孩儿,美丽女子手里牵着一个小孩儿,肚子里还怀着第三个。最后出来的是犹太人,他紧紧握着监狱长的手说:"这三年来我每天与外界联系,我的生意不但没停顿,反而增长200%,为了表示感谢,我送你一辆劳斯莱斯!"

这个故事告诉我们,什么样的选择决定什么样的生活。今天的生活是由三年前我们的选择决定的,而今天我们的抉择将决定我们三年后的生活。我们要选择接触最新的信息,了解最新的趋势,从而更好地创造自己的将来。

(2005.8.23)

南望山微话

渴望初春

　　不知什么时候,暮春已迈着无声的步履向这里悄悄踱来:田野里飘过温馨的风,绿的叶在太阳光里闪烁,粉的蝶在红、黄、蓝、紫的花丛中追逐嬉戏……我躺在草坪上,慵倦地闭起双眼,静静地享受着大自然的恩赐,白云从头顶悠悠飘逝,四肢软怠,疲乏而又畅快。哦,5月,一年中最舒适的季节,人世间的种种欢娱、种种享受,温柔乡中的一切,令人难以割舍……

　　然而,大自然的一切信息告诉我,春天就要过去了。天似乎是同一个月以前一样的温暖,可在每一丝风声中,仿佛能听见它低声地道着再见;阳光依旧照着大地,可是灿烂之中含着几许困倦;花开得正艳的时候,也将迎来谢败的辰光。是啊,一切都会时过境迁,5月那不定的荣华,在暮春的艳丽中转眼即逝,任你怎样多情,再也无法捕捉。"迟景哪能久,芳菲不及新。"比起这紫极红盛的时景,我更怀念那生机勃兴的初春,那是怎样激动人心的萌动啊……

　　梅英落尽,柳眼初开;小鸟在树丛中惊喜地啁啾;河岔中流进潺潺的活水;青蛙睁开蒙着一层膜的眼睑;密匝匝的青草拱出地皮和那一望无际的麦苗连成一片。大自然新的一轮生长开始了！此刻阳光还无力驱尽空气中的凛冽,风斜着掠过来,带着料峭的寒意。也许,刚步入初春,人们还不会一下子倾心于它,是啊,乍暖还寒最难将息,春温竟是那么微弱,不尽如人意,但又是那么强烈地吸引着你,像是受到什么感染,一下还说不清,仿佛前面有个幸福的许诺神秘而又难以琢磨。不知从哪儿吹来一阵风,挺凉的,但却与冬天扫荡大地的寒峭不同,分明觉着有股清新、温柔的气息扑在脸上,唤起你对未来挥摆不开的憧憬。打开所有的窗,大口呼吸着新鲜空气,或干脆跑到屋外,寻找春的踪迹。瞧,树发芽了,一个个嫩黄芽儿布满枝头;枝长叶了,再过几天,这树就发得叫人认不出它了。叶儿绿得逼你的眼,好像催你快快向上,快快向上!

　　初春,就是这样唤醒人的欲望、抚触人的心灵,它充满了鼓励,令人激动不安。初春,浸透着不可取代的魅力!

　　喧腾的春景早已过去,3月的寒雨一变5月的温馨,风和日丽,鸟语花香,然而,我却执着地怀念过去,在那初染鹅黄的嫩柳前,在那朦胧的青色里,我和初春产生了一种默契:愉快不只是生活的满足,更是生活的奋斗和进取!

　　生活,真正的生活是在缺陷和追求中前进。亘古不变的大自然还会把初春送来,我渴望我生命的四季永远是初春!

(2005.4.22)

南望山微话

条条大路通罗马

只有初中文化的黄华,靠着坚定不移的自学,不浮不躁、踏实刻苦、尚学进取,立足岗位,盯紧现场钻研,利用多年自学的扎实理论根基、丰富的现场经验、高超的操作技能,走出了一条岗位成才的成功之路。

俗语云:"条条大路通罗马。"学历教育对人的成才当然是很重要的,但不是"知识工人"成长的唯一途径。我国早在20世纪70年代就涌现出一大批在平凡岗位靠自强不息、刻苦自学成才者:电工林依蕾,进行电蚀显刻机等二十多项发明活动,后被提升为工程师;广东农民邓惠强,被派往几内亚,成为甘蔗专家;知识青年万喻,研制成功我国第一台无线电遥控舞台灯光自控仪;旅馆服务员王仁兴,写出《旅店知识》的著作;临时工汪尹举,完成二百多万字的《共产主义同盟史》,后被四川人民出版社聘为理论编辑;上海饮食店烙大饼的青年杨静,经过四年多的刻苦自学,成为 IS-10A 小型电子计算机的初级软件设计人才;四川红旗柴油机厂技术科化验工刘绍璞,靠刻苦自学成为工程师;南京市北京羊肉馆工人周祖德,自学英语成绩突出,后被南京大学聘为翻译;宜

昌市塑料四厂青年工人曾维鲁坚持岗位自学,后被录取为中国科学院地球物理研究所研究生;湖南高中毕业生王晓星,高考落榜不落志,不气馁、不松劲,自学不辍,后被国防科技大学聘为数学教师;解放军某部炊事员曹家彬,以惊人的毅力坚持自学,后来当上军事院校的政治教员……在平凡的岗位上自学成才者,实在是太多了。80年代、90年代、现在,像黄华这样的在岗位成才的"知识工人",更是很多很多。

实践证明:"有志者事竟成。"一些没机会上大学的奋斗者,应像黄华那样,在岗位上立下宏愿,不管遇到什么艰难困苦都不退却,奋勇攀登,成才的"金字塔"历来不在乎奋斗者的岗位是否平凡,工作是否普通,她总是公正地宣称:条条大路通罗马!

(2005.7.11)

名人与读书

宋代黄庭坚曰:"一日不读书,尘生其中;两日不读书,言语乏味;三日不读书,面目可憎。"这句话是说"知书达理"的道理。由此可知,读书是为求知,求知是为了更好地生活。做人明白事理,通达而无固执,所谓"世事洞明皆学问,人情练达即文章"。读书,的确能造就出儒雅风范堪称典型的名人。

孔子是圣人,但他不是天生的圣人,是读书读出来的圣人。"学而时习之,不亦悦乎;有朋自远方来,不亦乐乎;人不知而不愠,不亦君子乎!"孔子说这句话,主要是阐明读书的好处。"学而时习之",是说多读书,知识才有连续性;"有朋自远方来",是说读书的交流与共享,为赏心乐事;"人不知而不愠",是说读书达理培养出磊落襟怀和大家风范。读书真的让他达到"圣人"的理想境界了。

哲人们常用"入世"和"出世"来形容人生的两种态度。"入世"者为乐观主义者,"出世"者乃悲观主义者。其实,人可以凭借书籍的阶梯,穿越时空,与那些心心相知的朋友交流。正如著名哲学家笛卡尔所说:"所有的好书,读起来就像同过去世界上最杰出的人们谈话",从他们的智慧中借鉴人生哲理,光阴则不会在叹息声中虚掷。读书可怡情,使生命之树常青。

中国古典哲学中倡导的精神修养的八个步骤,是"格物、致知、诚意、正心、修身、齐家、治国、平天下"。这里展示的是一个纵向发展的过程,是一个"行万里路"的远大志向。然而,欲"行万里路",更须"读万卷书"。好儿女志在四方,要成就一番事业,也完全得益于读书的启迪。伟大的革命先行者孙中山先生,他的志向是"天下为公",他把总统之位也视如草芥,弃之不坐,彻底地实践了他"人不一定要做大官,但一定要做大事"的铮铮誓言。"革命尚未成功,同志仍须努力",他终生为之追求的,是革命事业。曾有人问他,先生于革命之外,还有什么嗜好?先生笑着答道:"革命便是我的嗜好,除革命还有读书;我一天不读书,就一天不能生活。"

孙中山先生在离乱社会中,整日为革命而奔波,但仍是"一天不读书,就一天不能生活"。我们生活在网络信息时代,当然应更多更广泛地读各式各样的书。

(2005.8.21)

南望山微话

"才须学"

三国时期的诸葛亮具有惊人的才智,对此,《三国演义》做了令人信服的描述。如第90回,记述了他在七擒孟获的战役中,成功地运用了地雷战,"一炮中藏九炮,三十步埋之,中用竹竿通节,以引药线,才一发动,山损石裂"。其威力使三万藤甲军炸得血肉横飞。第102回记述了诸葛亮在六出祁山的战役中,利用木牛流马,及时运输粮食,"人不大劳,牛不饮食",保证了后勤供应,大败魏将司马懿。

诸葛亮知识渊博,识天文,明地理,懂气象。他把自然科学知识用于军事,打了不少胜仗。著名的"赤壁之战",借东风,烧曹船,草船借箭大败十万敌军,都在他的策划下,取得了出乎意料的战果。

由于这些杰出成就,千百年来,诸葛亮的名字成为人们心目中"智慧"的象征。但只要认真研究,就会发现,他的智慧来源于他的巧思,而巧思的基础又是同他刻苦学习和认真实践分不开的。正如诸葛亮自己所说:"才须学也,非学无以广才,非志无以成学。"相传,诸葛亮自幼躬耕南阳,勤奋读书,积累了丰富的知识。他特别喜欢读《韩非子》等富有哲理的著作。在学习的同时,他善于深入实际,调查研究,认真思考和分析。因此,凡事能做出比较符合客观实际的判断。在刘备三顾茅庐时,他正确地预言了三国鼎立的形势,此后,协助刘备创立了蜀国。

当然,古书中的诸葛亮,作为艺术形象,难免有夸张的成分。但历史上的他,确实是勤奋学习,注重实践的人。再如,东吴名将吕蒙,从小练就一身好武艺,年轻时就立下不少战功,颇受孙权的器重。一次,孙权劝吕蒙多读书,吕蒙却以军中事多,无暇读书推之。孙权以己为例,论说事多也应多读书。吕蒙听了孙权的劝告,一有空就认真读书。时间不长,鲁肃再见吕蒙时,听到吕蒙议论风生,见解精辟,便十分佩服地说:"你现在的才能胆略,跟当年吴下阿蒙,不大一样了。"

吕蒙的前后变化,也正说明了诸葛亮"才须学"的道理。

对我们现在的干部而言,仍有可鉴之处。面对风云变幻的国际形势和深化改革的国内形势,我们应该加强学习,以寻对策。而有些同志一提学理论,就用"忙"来搪塞,政治素质老是在原地踏步,看事情或主观片面,或一成不变;处理问题或简单武断,或不合实际。如此下去,会误大事的。古之诸葛亮尚能刻苦读哲理著作而指导行动,吕蒙也通过读书学习不断提高自己的理论水平,更何况我们的党政各级干部?历史赋予我们更高的要求,尽管我们学历层次可能很高,但必须时时更新知识,才能审时度势,捕捉战机,用自己的聪明才智,为党和人民作更多更大的贡献。

(2005.3.26)

南望山微话

择别人不择的职业

原美国政府能源研究工程师爱克伦,辞去华盛顿的公职,到西部阿特蒙山区当了"个体户":他在山脊上安装近五十架风车,利用那里强劲的西北风发出源源不断的廉价电。爱克伦靠"喝西北风"过起了安乐的日子。"西北风"也是可以养人的。

爱克伦择业的经历发人深思,由此又想到了另一个择业的故事。

19世纪中叶,美国加州传来发现金矿的消息,许多人认为这是一个千载难逢的发财机会,便纷纷奔向加州。17岁的小农夫——亚默尔也加入了这支庞大的淘金队伍。一时间加州遍地都是淘金者,金子自然也是越来越难淘,而且因为人太多,生活也越来越艰苦。再加上当地气候干燥、缺水,很多淘金者非但没圆淘金发财梦,反而丧身在加州。小亚默尔在接近绝望中,望着自己水袋中仅有的几滴水,突发奇想,去卖水。

他扛着挖金矿的工具,从很远的地方将河水引入水池,用细沙过滤成清凉可口的饮用水,再用水桶挑到山里去卖给

南望山微话

淘金的人。当时淘金的人都嘲笑他,并说他胸无大志:"千辛万苦地赶到加州来,不挖金子发大财,干起蝇头小利卖水生意,哪里不能干这种生意?"小亚默尔面对嘲笑的人群,毫不在意,依然卖他的水。结果却是,大多数淘金者空手而归,而亚默尔却在短短的时间里赚到了6000多美元,这在当时可是一笔非常了不起的财富。

我们大学毕业生择业应借鉴爱克伦和亚默尔的择业观念,不可说什么职业好,就一窝蜂地去争抢某一种职业,应头脑冷静一点,来点儿逆向思维,搞点儿"反潮流",在就业困境中独辟蹊径,选择别人不想干的,选择别人不曾想的职业来干。

(2005.7.26)

南望山微话

因为"非典"……

因为"非典",你被思念吞噬,除了延续别离,还有"有家不能归"的凄美,叮咛越过时空传递爱的信息,你说:被需要、被关心,是"非典"时期最朴素的幸福。

因为"非典",联系较少的同学亲朋纷纷致电问候,因为你在重灾区,许多的牵挂难以释怀。你说"我在,我很好",轻轻的笑声中,思念被无尽的幸福所浸润。

因为"非典",被功课所累的孩子们可以伸个懒腰、睡个懒觉,没有奥数、英语,没有老师提问、家长追问。天是蓝的,风是轻的,自由嬉戏的童年时光更加令人难忘。

因为"非典",减肥已是过时的话题,蛋白质、抵抗力、免疫力,成为最时髦的词汇,吃着鸡腿,嚼着生蒜,喝着中药,真切体会到健康才是人生幸福的源泉。

因为"非典",女人的周末一度变得闲散,没有商场奔波时的眼花缭乱,没了"有钱真好"的声声慨叹,消毒液的淡淡酸味弥漫家的角角落落,女性的柔情如水倾泻。

因为"非典",总是忙于应酬的男士们暂居"二线",家成了最安全的港湾,他们关心着柴米油盐酱醋茶,进得菜场,入

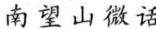
南望山微话

得厨房,远离酒精的男人更健康、更可爱。

因为"非典",难得相聚的夫妻多了几许缠绵时光,散步、打球、聊天、上网,抑或是扯着孩子闲庭信步,时钟缓缓前行,久远的温馨感觉在平淡中荡漾开来。

"非典"来势凶猛,让我们难以抵挡。在经历心灵恐慌之后,有一种久违的幸福亦悄悄降临。

(2003.5.21)

南望山微话

"非典"时期好读书

人类的智慧,多半来自书籍,在浩如烟海的书籍中,人们了解到前人的实践、经验和丰富多彩的知识。我们阅读这些书籍,几乎像伸手摘果实一样,获得前人的成果。然而,现代生活中,人们很少关注书籍,好多优秀的书籍都落满灰尘,这令人不无遗憾。

我国是一个文化底蕴深厚的国度,历代文人学者给我们留下了极为宝贵的文化遗产,好多优秀的书籍,都是民族文化的智慧结晶,对我们有着重大的意义。书籍与一个人的成长和发展是离不开的,一个人在各个方面,不论是成长和成就方面,都需要知识的积累、文化的熏陶和精神的滋养。

如果年轻人不读书,那么他的知识水平和文化素养,以及气质等从何而来,要从事各行各业的工作,恐怕是难以适应的。更重要的是,培育一个人的情操,也不可缺少那些优秀书籍潜移默化的作用,譬如《钢铁是怎样炼成的》,这部书译著传到中国后,曾激励过多少热血青年。

也许,有人说现代人的生活节奏快,整天忙忙碌碌,哪有时间去阅读、去看书,年轻人更讲究快节奏,谁还去顾及书籍。其实,现代人的时间还是有的,只是多半被一些平庸的交际所占,辟如有多少人每晚在电视机前要坐到零点,有多少人打扑克玩麻将一玩就到半夜。事实上是现代人贪图享乐的思想太重,进取心不那么强,如果这些现象对青年人来说,也很普遍的话,那就太令人遗憾了。在这里给他们提个醒,社会和经济越发达,读书越是不可缺少。

日本商界忙吧?他们仍在孜孜不倦地阅读研究中国的古典名著《三国演义》,以从中汲取更多的经营智慧、生存技能。更何况我们国人呢?

现在社会上有很多轻视知识的现象,就从某些落后地区孩子辍学说起吧。他们被迫过早地加入了挣钱的行列,只追求眼前利益,给他们造成了终生的损失。现代人不重视读书,原因也在这里,在某些人看来时间就是金钱,而他们的时间和精力都投入到赚钱中。可能有这样的现象,腰缠万贯的人不一定有文化,这只是个别现象。

现在的读者,特别是年轻的读者,要珍惜光阴,克服急功近利思想的影响,多投入一点时间和精力用来读书,各种书籍都涉猎一些,这对将来甚至一生都是受益无穷的。将来不论从事什么工作和事业,都离不了文化知识这深厚的土壤。现在是"非典"时期,各种活动大量减少,时间相对充裕,我们正可利用这个大好时机,好好读书,大量充电!

(2003.5.25)

南望山微话

"非典"并不可怕

——写在"抗击'非典'"征文评奖时

2003年的春天,让人过得似乎有点恐惧,随着"非典"的蔓延,街上的口罩迅速多了起来,行色匆匆的人们都在用警惕的目光看着身边的每个人,出租车、公交车上都在醒目的位置标贴"今日已消毒"的标签,各家大小报纸的头版头条都是有关"非典"的最新疫情报告,人们在街头巷尾的话题无不与"非典"有关,我们的生活空间似乎已被"非典"包围。四面八方袭来的是因"非典"而弥漫的恐惧。然而,我们清楚地知道,惊慌和失措只能是徒劳,逃避和恐惧更不是办法,这是因为人类生活、生存还在继续,而且也必须继续。面对一场没有硝烟的战争,我们每个人必须保持平衡的心态,磨炼我们每个人的意志,在惊慌与恐惧中逐渐走向平静。

当我接到中国地质大学(武汉)学生会学术部送来的22篇"抗击'非典'"获奖征文时,我们已取得抗击"非典"的阶段性胜利。我怀着激动的心情一口气读完这些稿件后,心情更加激动。作者们的文学创作气势高昂,文学功底厚重,才华横溢,文采飞扬,文字形象生动,语言丰富宽广,故事情节构

思巧妙,特别是被评为一等奖的《让珍惜"感染"你》《天使》《"非典"之夜》《为"疫"消得人憔悴》四篇文章,二等奖的《写在"5·12"》《守住心中的塔》《雨中的尘埃》《非常时期非常故事》《请勿杯弓蛇影》《我们拿什么来面对——"非典"背后》《回答》七篇文章,都从不同的侧面动情地叙述了发生在"非典"时期的每个故事,让读者读后深受感动,深受鼓舞。这22篇文章虽然是写"非典"时期的人和事,但节奏依然欢快,有秀美的散文音韵和诗的韵律,带有浓厚的抒情色彩,充分说明我们这所以理工为主的地质大学,文学之才也大有人在。特别是获一等奖的四篇文章,谋篇布局较为得体,编排人物故事妥帖,并合情理,对人的细节描写和心理刻画较为深刻,塑造了在"非典"时期一个个沉着、坚毅、美丽、丰实、鲜活和积极向上的人物形象,读后让人印象深刻。

　　一场突如其来的灾难,撕碎了这张春天的风景画,一场没有硝烟的战争,也检验和考验了我们每个人。我们也从这场战争中锻造了意志和精神,《让珍惜"感染"你》的作者以富有哲理的文章打开人们的精神窗棂,为了明天的灿烂笑容,我们一定会战胜"非典"。

　　在这场抗击"非典"的战斗中,奋战在一线的医护人员给我们起了非常好的模范带头作用。在疫情发生后,许多医务工作者主动递交请战书,有的甚至"走后门"要求到一线去,到最危险的地方去。让广大群众在看到了当代最可爱的人的大无畏精神和高尚的职业道德的同时,也让我们看到了战胜"非典"的希望和信心。《天使》的作者以朴实无华的文字记述了"白衣天使"在"非典"抗击中的真实故事,让人们完全有理由相信,只要有广大的医务工作者在,我们的抗非斗争就一定能够取得胜利。而我们现在更需要做的就是用信心战胜恐惧,用勇气战胜胆怯,用科学技术战胜这小小的"非典"病毒,用我们的真情与实际行动给奋战在一线的白衣战士以强大的精神支持。

《"非典"之夜》的作者,以极富诗情画意的优美文采,以细腻、真挚、感人的简洁诗句,勇敢地向人们宣誓:有我白色勇士无畏冲锋,人民群众就会幸福安康,我们一定会用生命兑现对祖国和人们的无限忠诚,待我们斩断SARS恶魔的黑手,还我空气清新的朗朗天空时,就会告别"非典"之夜,迎来火树银花不夜天。

战胜"非典"需要科学武装,消灭"非典"需要攻坚克难,我们应当众志成城,同时还要共同改变过去一些不良生活及卫生习惯,要保持健康身体就必须保持全民健康的生活方式,和谐的生活源于和谐的生活节拍。《为"疫"消得人憔悴》的作者以幽默、诙谐的笔锋,向人们指出了:只要党风——不"非典",只要世风——不"非典",只要人心——不"非典",硝烟终将散尽,神州一定会更加灿烂!

中国共产党和中国人民政府有信心战胜"非典",我们的

南望山微语

伟大民族是有能力战胜"非典"的。在中国共产党的领导下，全国人民众志成城，虽然已经取得抗击"非典"的阶段性胜利，但我们万万不可松懈，不可麻痹，不可轻敌，要把抗击"非典"的斗争继续深入，我们的民族是勇敢、理智的民族，我们还要万众一心，全民动员。下阶段的重点就是向陋习宣战，向生活中的不文明告别，营造一个清洁卫生的生活生存环境，养成文明健康的生活方式，这是夺取抗击"非典"斗争全面胜利的紧迫之务，更是我们付出昂贵学费之后得到的应有收获。"非典"并不怕，可怕的是陋习。让我们从现在做起，从自我做起，从身边做起，自觉遵守公共卫生规则，强化道德观念，形成新的社会风尚。

(2003.6.9)

南望山微话

平凡也是一种伟大

你见过最小的沙粒和石子吗？它们铺到一起就是一条路，堆在一起就是一座山。你见过天空中的雨滴和草叶上的露珠吗？它们聚到一起就是一条河，汇到一处就是一片海。它们平凡，但平凡中孕育了伟大。

大地平凡，却是万物的母亲；石头平凡，却是大厦的基础；绿叶平凡，却是花儿的陪衬；小草平凡，却是春天的衣裳。

人在世界上就像天上的星星，不是每一颗都如日如月般光芒万丈，不是每一颗都能永恒。看似微小的不一定真小，只因我们距它太远；看似巨大的不一定很大，只因它距我们太近。永恒是一种荣耀，瞬间陨落也同样有它的价值。

人生像山脉，起起伏伏才能走完一生。深入谷底正是向上的开始，登上峰顶之后便将开始坡行。不可能每一天都是轰轰烈烈，不可能每一季都花红柳绿。野草枯荣有序，人也生活在法则之中。

平凡不是平庸。安于平凡是一种境界，安于平庸则是一种无能。平凡者可能是长在谷底的高树，而平庸者生在山巅也只能是一株矮草。平庸者可怜，平凡者可敬。

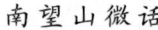
南望山微话

向往平凡就是安于淡泊,少求功名多做实事。能做一粒尘土,就是培育希望;能做一滴雨露,就去滋养幸福;能做一株小草,就去慰藉大地;能做一棵小树,就去支撑天空。无论做什么,脚踏实地是本,否则一事无成。

请记住——平凡也是一种伟大!

(2005.7.16)

南望山微话

珍惜生活

2003年以来，令人震惊的事件一桩接着一桩。

伊拉克战争打响的那天晚上，我失眠了，一闭上眼睛，就能"看到"冲天的火柱和轰然倒塌的建筑物。猜着伊国老百姓黑夜里的生活：忽远忽近的爆炸声中，孩子们哭着，大人一边哄着子女一边虔诚地祈祷着。此时，他们心中是恐惧，是憎恨，是愤怒，是无奈还是漠然？昨天刚对自己微笑过的人，今天可能已经死去，而自己明天的命运又将如何？他们除了祈祷，剩下的也只有等待。对普通百姓来说，和平真是太值得珍惜了。

很喜欢张国荣的演技，认为他在《霸王别姬》中"柔"过了王祖贤，在《枪王》中"刚"过了周润发，真是扮什么像什么。直到现在我还没能理解他为什么要跳楼自杀。有人说，这是寻求解脱。可他要解脱什么呢？也许，他在纵身跳下的一刹那后悔了。曾读过科普文章：人濒死的瞬间，一生的经历会像放电影一样从眼前闪过，如果这是真的，他能看到些什么呢？一定有家人关爱时的温暖，事业成功时的骄傲，和影迷相处时的甜蜜。看到这些，他还会想死吗？对于任何人来

说,生命都是值得珍惜的。

刚听说"非典"时,很不在乎,不就是肺炎吗,到医院打几天吊针就好了。后来看了电视,读了报纸,听了政府部门的宣传,才知道这病的厉害。于是一有空闲时间就向亲人和朋友打电话,提醒他们注意防范。当然,我也常能听到这样的提醒。我还感觉到,在单位或其他公共场合,人们变得比以往大度、友善了,为鸡毛蒜皮小事而争吵的现象少了。是啊,人的生命如此脆弱,人与人之间应该相互体谅。"非典"虽带来了灾难,但也让人们放大了心胸、放远了目光。

很幸运,我们生活在蒸蒸日上的太平盛世,党和政府采取了一切可以采取的措施防治"非典",现已取得决定性的胜利,相信在不远的日子里,会将"瘟神"远远地送走,人们会回到无忧无虑的生活中。那时,我们再回忆这段"风风雨雨",定会更加珍惜眼前的生活。

(2005.9.9)

南望山微话

读书贵乎精

曾经听到这样一则笑话：有位仁兄，一生从来没有穿过合脚的鞋子，常穿着大码的鞋子走来走去。有人问他，他说："大小鞋都是一样的价钱，为什么不买大的？"

尽管是笑话，然而，这种贪大求大的情形在一些读书人身上照样能看到。不是吗？有的人，这本尚未看完，眼睛便已盯上了另一本，表面上观之，恍若"饥饿的人扑到面包上"一样，可终究是附庸风雅、自欺欺人。因为这些匆匆读客，仅仅是为了证明自己的阅读量之大而已。至于是否真正读懂了，是否给自己留下了什么，只有天晓得了。

清代著名学者袁枚，在总结自己年轻时的读书教训时指出："泛观而无所择，其失博而寡要。"就是说，广泛浏览而没有精选，其过失在于：虽然读书量大，却很少掌握要领，投入大而产出小。这不是典型的无效劳动吗？读书，精选真的很重要。朱光潜先生说："你与其读千卷万卷的诗集，不如读一部《国风》或《古诗十九首》，你与其读千卷万卷希腊哲学的书籍，不如读一部柏拉图的《理想国》。"

曾国藩在"八本之说"中谓："读书以训诂为本。"诂者，故

言也。训诂,即是将古言释之,以知其全也。读书之根本,就是要知其理,明其意,如若不能究"训诂"二字所表述的全部含义,那么书中之道,文中之理,便不得也。训诂告诉了我们这样的道理:读书贵乎精,所谓"微言精义,愈探愈出"是也。读书求精,恍若读书求根一样,可以免除读书人无根浮萍的恐慌。梁章钜先生对"读书须有根"的观点有过很好的比喻:"不拘大书小书,能将这部烂熟,字字解得道理透明,此一部便是根,可以触悟他书。"万物均有其立足的根茎,一如花无根则萎,树无根则枯,读书亦然。

英国文学家柯尔律治别开生面地把读书者分为四种类型:第一类"好像是计时的沙漏,注进去,流出来,到头来一点痕迹也没有留下";第二类"像海绵,什么都吸收,挤一挤,流出来的东西原封不动,甚至还脏了些";第三类"像滤豆浆的布袋,豆浆都流了,留下的是豆渣";第四类"像是宝石矿床的苦工,把矿渣甩在一旁,只拣些纯净的宝石"。

读书贵乎精,好书更应精读、读精。理酿德,德生灵。在理性的引导下,读书人在灿烂星空与神圣道德之间,获得了灵性与自由,这是怎样的一种诗性情绪啊!

(2006.2.5)

南望山微话

习惯的力量

每个人都是一步一个脚印地在走,人在迈出自己左脚的时候,下一步会习惯性地迈出右脚。许多人只能看到眼前,并且做着眼前的事,就像走路一样,按照惯性的力量来走人生,所以许多人的人生,并不是刻意安排的人生,而是一连串偶然的结果。

诺贝尔医学奖获得者斐塞司博士发明了日光疗法,但日光疗法的发明并不是他穷经皓首的结果,而纯粹是一次偶然。斐塞司博士每天中午饭后有在屋外晒太阳的习惯,一天他发现一只猫在阳光下睡觉,随着太阳的西移,阳光慢慢离开猫的身体,猫便醒了,站起来伸伸懒腰走到有太阳的地方,重新卧在太阳底下,继续打盹。猫不断随着太阳的移动重复着这个动作。

斐塞司博士看着猫的动作,突然想起自己正在研究的关于日光的医学课题。猫为什么喜欢呆在阳光下?它肯定觉得太阳对自己有益处。那么阳光对于人呢,是不是也对人体有益处?

这个想法促成他对日光疗法的研究,多年后,他经过实证的日光疗法问世了。

对于一只晒太阳的猫,常人不会想到日光是否对猫有益处,也不会联想到对人体的作用。但斐塞司正在研究那个课题,他的脑子里全是关于日光医学的理论,也就是说他的思维惯性促使他会从一只猫的身上发现科学理论。

牛顿当年发现万有引力,源于一颗从树上掉下的打在他头上的苹果。那颗苹果为什么不会向上飞,偏偏往下掉?就是这个奇怪的想法,万有引力定律产生了。

如果说这是一只充满智慧的苹果,告诉了牛顿其中的玄机,没有人会相信。其实没有人告诉牛顿什么,告诉牛顿的只有他自己,他自己的思维定势帮了他。如果睡在那棵苹果树底下的是一位诗人,或者农夫,诗人可能会按照他的思维写一篇散文,而农夫可能会按照他的逻辑认为这棵树上的苹果已经成熟到可以采摘的时候了。

人们常常把成功归结为勤奋,但许多时候,勤奋往往表现为习惯,许多成功者大都不是投机分子,而是长年累月朝着一个目标前进。他们所有思维和行事方式都围绕目标,每一件事他们都会按照自己的思维习惯去观察,往往会从普通的事物中得到启示。

习惯,似乎是束缚人的创造力的阻路石,但一个人很难逃脱习惯,前提是你需要养成正确的习惯。如果你的习惯是对的,那么习惯的力量越大,你收获到的东西就越多。

(2006.3.9)

南望山微话

擦净自己的窗子

我们有缘相逢于世上,且共享一轮祥和的太阳,于是善待每一个匆匆来临的日子以及每一个情节和每一段时光,便成为我们相同的心愿。在我们路过岁月的时候,总带着宽厚与微笑,把一份关怀和理解写在一季一季的扉页。学着去爱,温馨溢香的小河才会在心中缓缓地流淌。

有这样一个女人,总爱喋喋不休地向人们说邻家的污秽不堪。有一回,她颇得意地将一位朋友领到家里,指着窗外说:"你看,那家绳子上晾的衣服多脏!"而那位朋友却悄悄地对她说:"如果你看仔细点,我想你会弄明白,脏的不是人家的衣服,而是你的窗子。"

是啊,我们在同一片蓝天下生活,为什么不学着去宽厚地待人,而要去轻易地指责呢?其实,脏的不仅仅是你的窗子,还有你昏暗的心境和流俗或浅薄的品性。身外的一切并不一如你偏执的想象,生活中闪光的片断就在平淡中深藏,只要你用心去发现,便不会伤害善良。

假如你心怀一种坦诚,那么你可以关上房门在一种和谐中静静地思量:自己是否不断地产生过错?自己的行为是否

磊落？自己的心地是否亮堂？当你真正地认清了自己,那么你就会觉得,别人并没怎么样,只是你自己的心不够坦荡。

我们在这条没有回程的道路上走着,有时走得洒脱,有时走得沮丧,活着不容易,何必把我们的责备当成奖赏？

摇落思绪树上那没有熟透的青果,心境就变得明朗;拆掉横于心中的篱笆,世界就变得宽广。学着去爱,试着将自己那扇脏窗擦洗干净,你就会感觉到天空没有一丝纤尘,更没有阻隔与遮挡。保持一颗善待一切美好的心,平凡的人生也会变得绚丽而辉煌！

(2005.4.8)

书的作用

书是良药。西汉刘向说:"书犹药也,善读之可以医愚。"

书是阶梯。高尔基说:"书是人类进步的阶梯。"

书是朋友。先人说:"读异书,如对渊博友;读名人诗文,如对风雅友;读圣贤经传,如对谨饬友;读传奇小说,如对滑稽友。"

书是阳光。沙士比亚说:"生活没有书籍,就好像没有阳光。"

书是生命。别林斯基说:"书是我们时代的生命。"

书是大学。托马斯·莱尔说:"书籍——当代真理的大学。"

书是力量。列宁说:"书籍是最大的力量。"

书是钥匙。托尔斯泰说:"理想的书籍是智慧的钥匙。"

书是奴隶。马克思说:"书是我的奴隶,应该服从我意旨。"

书是促喷剂。日本作家池田大作说:"书籍并不是把外在的东西轻易地给我们,而是促使我们内在的东西喷涌出来。"

书是气质。我说:"腹有诗书气自华,人的气质是靠文化浸润的。"

对于读书,古今中外的人都有自己的体会。我们有些人总把读书当作一种费功夫的"苦事",其实并不然。宋人有首诗,叫《四时读书乐》,其中有句云:"蹉跎莫遣韶光老,人生唯有读书好。"这话也可能太绝对了些,但一个人要是养成了读书的习惯,就会从读书中得到无穷的乐趣。陶渊明"每有会意,便欣然忘食"。这也可以说书犹粮食也。杨万里也曾吟出"半山绝句当早餐"这样痴迷读书的诗句,我们应该明白读书人的情志了吧。鲁迅先生曾说的那种嗜好的读书、自动的读书、离开直接利害关系的读书,则更是如打牌一样,充满乐趣。因为打牌"妙在一张一张地摸起来,永远变化无穷",而嗜好的读书"在每一页每一页里,都得着深厚的趣味"。契诃夫的小说《打赌》中那位与银行老板打赌的文化人,关在一间房子里,足不出户,读了十五年的书,其所以能耐着性子挺住,也因为读书给了他无穷的乐趣。

书读多了,你往往就会爱上书。漫步街头,你会不经意地走进书市,就再也听不到令人生厌的讨价还价声,有的只是轻轻的翻书声和印墨的沁香味。购回一本好书,带回一种好感觉,使人久久处于一种激励之中。闲下来,把散发着淡淡书香的书拿出来,一本一本地翻阅,一页一页地品读,好生惬意!这一本本书在读者面前展现一个个奇妙的"王国",容纳着人生岁月中的欢乐和希冀。哪怕是着眼于兴趣与消遣的读书,只要读的是有益的书,都会感到受益无穷。一旦我们心有所悟,静止的文字就会飞翔起来,具有了声音、色彩和灵性,大脑的荧屏上就会呈现出一幅幅生动的画面,使我们产生一种身临其境的美感。读书更能开启我们的智慧和创造力。

这就是,我所认识到的书的作用。

(2006.3.3)

南望山微话

人格魅力（一）

戴就是东汉时期会稽郡主管仓库的一名小官。有一次，一位来会稽郡巡行的刺史怀疑该郡太守贪污仓库粮物，将戴就送进了监狱。为了逼迫戴就"检举"太守的"贪污罪行"，办案人薛安命狱卒严刑拷打戴就，他虽遍体鳞伤，仍面不改色。薛安又命狱卒将烧烫的铁器夹在他的腋下，逼他揭发。戴就对狱卒说："就是把铁器烧得更红一些，要我诬陷别人，也是枉然。"用刑的人对戴就无可奈何，就将他困在反扣的船下，用烧马粪的烟熏他，整整熏了两天一夜，戴就仍睁眼怒斥："何不加火燃烧？我宁肯死去，也不陷人偷生！"最后，用刑的人将铁针刺进戴就的指甲缝中，叫他扒土。戴就的指甲一一脱落，鲜血一滴滴淌在地上，疼痛难忍，仍不屈从。

薛安无计可施，问他："太守有罪，声名狼藉，我奉命查核，你为何用生命保他？"戴就答道："你还有脸来问我？你既是奉命查核，就应弄清真相，怎么能倚势逼我诬人以罪？"薛安顿时瞠目结舌，最后只得将戴就放了。戴就一身正气的人格魅力是万古流芳的。

数学大师陈景润用心血研究视为生命的成果，"文化大革命"期间被烧了。资料被毁后，他绝望了，从楼上跳了下去。这时竟然还有人踢他，说他是"装死"。十年后，正是这个人为出国的事找到了陈教授,敬请陈景润给自己写封推荐信。此时,陈景润没多说什么,就给他写了推荐信。事后,有人对陈景润说:"你怎么帮这种人的忙呢?"陈景润却说:"不要计较那么多,都是过去的事了,忘掉算了。"

  英国的威廉和格兰特兄弟是农民的儿子,一场突发的洪水毁灭了他们的家园。后来,他们通过艰苦的努力,创办了自己的公司,又因仁慈和善行而闻名遐迩。曼彻斯特有一个商人出版了一本小册子,蓄意诋毁格兰特兄弟的公司,后来这个出版商破产了,而他必须得到格兰特兄弟签名的执照,才能将生意再继续下去。他硬着头皮找到格兰特说:"我现在身无分文,连必需的日用品也买不起了。"格兰特听后,不仅在他的执照上签了名,还给他十英镑,并对他说:"振作起来吧,努力去工作,一切都会好起来的,你会成为我们之中最优秀的商人。"

  伟大的人物,之所以赢得了世人的尊重,不只是他们的科学论著或他们对历史的巨大推动作用,更重要的是他们高尚的人格魅力。

  一个人能以自己博大的胸襟容纳社会中的某些丑恶现象,他所展示的人格力量是巨大的。高尚的人格就是一部好的教科书,对世人的影响是潜移默化的。拿破仑曾经说过,道德的力量和文明全都依赖于个人的人格,也正是它构成了一个国家安全和稳定的基础。

(2006.5.7)

南望山微话

人格魅力(二)

人格的魅力说到底是道德的魅力。古人云:"其身正,不令而行;其身不正,虽令不从。""身正"者,德行好也;"令"者,话也。"行"和"不行",就是这么个关系。说到道德魅力的重要性,有一句话不能忘记,就是但丁说的:"道德常常能够填补智慧的缺陷,而智慧却永远难以填补道德的缺陷。"看来,谁都会的"说话",对于一个领导者来说,却大有讲究,除非不在乎别人爱不爱听、管用不管用。

当然,凡是说得到也做得到的人,比如县委书记的好榜样焦裕禄,成为领导干部的"镜子""尺子""旗子"的孔繁森,"做官先做人,万事民为先"的郑培民,"就像一团火,能把周围的人点着"的牛玉儒……无不受到人民群众由衷的爱戴。他们的所作所为,老百姓没有看够;他们的话,老百姓没有听够。什么是人格魅力?它是一个人的品质、意志和作风所体现出的感召力、吸引力、感染力。人格魅力能产生巨大的力量,能"延长"或"缩短"一个人的生命。诗人臧克家的诗可作证:"有的人活着,他已经死了;有的人死了,他还活着。"

提到做群众工作,人们自然便想到了周恩来同志,他心怀国家,日理万机。他深爱人民群众的感情可谓点滴不漏、无微不至。雨后行车,他嘱咐司机小心行驶,不要把街道上的水溅到行人身上。西华厅墙外设有公共汽车站,开车停车、上车下车,动静很大,有人觉得会影响周恩来同志在一墙之隔的办公室里办公,建议把汽车站挪开。周恩来同志却认为,我们办事要为人民方便着想,坚持不同意搬。在地震灾区,为了不让老百姓受风寒,他竟然迎风而立对群众讲话……那一件件小事加在一起,在告诉世人,他为什么那么有威信,他的话在干部群众的心目中为什么那么有分量!

习近平同志在谈到做群众工作时,一针见血地指出了一些领导干部的"失语"状态——"与社会群体说话,说不上去;与困难群众说话,说不下去;与青年学生说话,说不进去;与老同志说话,给顶了回去。"同时指出,领导干部要得到群众信任,不能光靠权力,更要靠人格魅力。笔者发现,讲话所产生的效果,似乎与讲话人的人格魅力关系更加紧密些。

(2007.12.16)

南望山微话

随感两则

百事可乐

美国有家著名的公司叫百事可乐公司。不用说,想出这个名字的人,一定可算个乐天派。

不过,付诸行动,做得最好的人,大概要数名歌星迈克尔·杰克逊。他有次参与拍摄百事可乐公司的一个广告,结果被镁弹爆炸烧伤,接着又摔倒在地,可望着人们忙碌的身影、惊恐的眼神,他忍住痛。而当被抬进救护车后,他不由自主地高兴,想到:坐在尖叫的救护车上飞奔,这是我小时候想干的事之一!

大概正因为他表现得坚强、乐观,所以百事可乐公司的销售额急增。为此,公司付了他有史以来最高的广告签约酬金,这岂不可乐?

虽说后来他还是打了官司——可口可乐公司赔偿给他150万美元,但他将钱全部捐给了"迈克尔·杰克逊烧伤治疗中心"。助人为乐,这岂不又可乐一场了?!他在自己的自传中大大地表扬自己:"……我表现得非常出色、非常了不起……"

诗人应永远浪漫

在商品大潮汹涌奔腾的今天,作为写诗的人,读读泰戈尔《吉檀迦利》第 89 首,是会颇有感触、颇受鼓舞的。

诗中说:"人们急急忙忙地到国王的市场上去,买卖的人都在那里。但在工作正忙的中午,我就早早地离开。

"那就让花朵在我的园中开放,虽然花时未到;让蜜蜂在中午奏起他们慵懒的嗡哼。

"我曾把充分的时间,用在理欲交战里,但如今是我暇日游乐的雅兴,把我心拉到他那里去;我也不知道这忽然的召唤,会引到什么突出的奇景。"

这告诉我们,当人们都往市场上挤,在市场上忙的时候,诗人则应有早早离开,奔向花园看花的浪漫;当人们都在听"孔方兄"的叮当声时,诗人则应有听蜜蜂慵懒之歌的浪漫;比起人们的大理大欲,暇日游乐的雅兴实在不合时宜,是无谓的、无足轻重的,但诗人就应有超脱理欲、敢于闲暇的浪漫。

(2006.6.6)

南望山微话

"集资"不如"集智"

时下,一些企业苦于资金短缺、投入不足,便发动职工集资。这当然不失为一个"救急"之举,但很多的职工收入毕竟有限,往往拿出来的只能暂时解渴,终究解决不了根本问题。

报载,某市一家企业在此问题上的做法值得我们借鉴,他们是变集资为"集智",让广大职工想办法、出主意,集众人之智,结果不言而喻,企业不仅渡过了难关,而且越办越红火。

俗语曰:"三个臭皮匠,赛过诸葛亮。""集资"无门时,不妨来个"集智"。

(2006.4.3)

着意原资妙选材

袁枚在他的《随园诗话》里这样说:"着意原资妙选材。"文要明意,就必须很好选用材料。

材料是意的支柱。不使用材料,就难以表意。意是虚的,材料是实的,写文章总是以虚驭实、以实证虚。"立言之要,在于有物",文章是否言之有物,主要取决于材料是否充实。有一则玩弄辞藻而内容空洞的故事是博士买驴,书券三纸,不见驴字。卖驴的迂腐浅陋,不明事理,而其文风却似乎尚未绝迹。

文章如果没有具体材料,只能夸夸其谈。而为取得切实、准确的材料,必须实行博采,像蜜蜂采蜜那样,锐意穷搜,广为积累。在这一点上,不妨贪多务得,细大不捐。茅盾先生在一篇文章里说过,要像"奸商"囤积货物那样"千方百计"的采集。恩格斯写《英国工人阶级的现状》时,曾到一系列大小城市调查,然后才描绘出了英国工人状况的可悲图画,使全世界都为之震惊。夏衍写《包身工》,足足两个月,半夜三点多钟起身,走十几里路,赶到杨树浦去实地观察、访问那些"罐装的劳动力"。看来,搜集材料我们也得向大师们学习。

南望山微话

也有这样的文章,不空,却肿。它走了另一个极端:材料堆砌。读这种文章,好比近观树木,只见树,不见林,味同嚼蜡。为避免这种情况,写作时必须根据意的需要,对材料进行精选、提炼。搜集材料是博采,着重量多,选用材料,是由博返约,要求质精。质精包含着量的减少,而尤为重要的是质的提高。有效法门是:一、紧扣文章的中心,密切为意服务;二、抓典型事例;三、裁汰烦冗,突出主干。初学写作者往往误认为材料多才全面,于是大量塞入,反淹没了文章的主旨,有时某个材料花了大力气才获得,舍不得割爱,转弯抹角也要用上,实则并非切要。不切要,往往也就不典型。我们知道魏巍的通讯《自豪吧,祖国》,用了二十多条志愿军英勇事迹,后来自己认为:"例子太多了,好像记账,哪一个也说不清楚,不充分。"写《谁是最可爱的人》时,他做了分析、比较,只选了三个材料。众所周知,这三个材料十分典型,集中突出一点:志愿军战士是最可爱的人。

三个抵了二十多个,产生了以一当十的效力。我想,这种"妙选",显示了这么一条辩证法:"综学在博,取事贵约。"

(2006.7.8)

南望山微话

"补牢"与"补劳"

《战国策·楚策四》曰:"亡羊补牢,未为迟也。"

真是托了祖宗的福,为我们提炼了浓缩而又体面的行动指南。凡事若"亡羊"了,大可不必惊慌而失措,更不必羞愧而汗颜,有计划、分步骤地"补牢",犹未晚矣。瞧,时下不少行业正"你添一块砖,我拾一把柴",将"亡羊补牢"的古训蔚成了一幅难得的"景观"。

记得早些时候,出版业曾演绎过一股"勘误"的热潮。买一本书常常能"获赠"好几张"勘误表",幸运一点的,甚至能附带一本常用易错《字典》。尤其值得一提的是,一些文艺期刊,不仅外表装饰华丽,纸张印刷精美闪亮,而且里边还有"儿孙同堂"的"勘误小品",可谓"勘误一绝"。这得感谢"亡羊补牢",要是没这四个字,小小的一本刊物勘误满书跑,身为编辑岂不惭愧?所出书目又岂能堂而皇之地走上市场?不过,时至今日,即便是课本中出现了几个错别字,我们也习以为常了,哪还用得上勘什么误呀?

仔细思量,泱泱大国,"书先出来,有问题再说"的现象绝非个别。就拿离我们最近的来说吧。你看那城市的街道,刚修好,又挖烂,今天拓宽,明天加上下水管,后天埋通信电缆,外后天又下燃气管道。林林总总,总有完不了的修建项目。造成交通不便不说,由此带来的资金浪费、人工浪费该能多建多少所希望小学?当然,这只是笔者个人臆测。事实上,搞城市建设的人为了及时"亡羊补牢",已经在"挖了修、修了挖"的反复中付出了巨大的辛劳和汗水。

再有那"吃"人的下水井口,照理,在第一个落井者"诞生"后,责任管理部门就该及时"补牢"堵住的,而且说白了,盖住下水井口并非难事。可事实偏偏不是这么简单,落井者与日俱增,直至有人为此搭上生命。责任管理部门难道不知道"亡羊补牢"吗?不,他们知道,而且,他们还在不断地"亡羊补牢"的过程中深切地体会到了堵盖口之难。但为什么会导致教训越来越深刻的结局呢?愚以为,这完全是"出了问题再说"的惯性思维使然。

综观国情,"亡羊—补牢—再亡羊—再补牢"的恶性循环还远不止这些,还有诸如火灾、交通事故、煤矿爆炸等。我们有理由相信,有关责任部门对此是一直在"补牢"的。然而,面对接二连三的血的惨剧,笔者只能说,他们是"补劳",而不是"补牢"——简单重复着"补牢"工作而已。要不然,矿难事故怎么会屡屡发生呢?

能够不厌其烦地"补劳",这绝非坏事。可从效果和长远看,开动脑筋"补牢",才地真的正事和幸事矣。　　(2006.7.8)

南望山微语

信念二题

一

信念是理想的灵魂,是追求的动力。

信念包含着一个人的尊严、品德乃至生存于世的骨气。信念是从一个生命深处流出的清泉,铺在大地是一片新绿,汇入大海是一片蔚蓝,洒向天空是一片银白。

信念是金,夺目耀眼,光辉无限;信念是银,一尘不染,皎洁无比。

信念是一种磅礴的气势,一股巨大、无形的力量。她可以撼大山,也可以拒狂浪。

信念是一种平静与沉着。她可以枕着波涛入眠,也可以望着浪花微笑。

信念一旦形成便坚固不可动摇。她不畏艰辛,不怕困难,站着是一座高峰,倒下是一拱长桥,雷打不惊,风吹不散,雨浇不灭,雪压不倒,迎着风雨,顶着霜雪,傲然挺立。

信念是人生的无价之宝,是人赖以生存的旗帜。信念不灭,奋斗不息,追求不止。

二

　　信念，是一份纯真的向往，是一种美丽的追求，也是人们赖以生存的原动力。正因为有了一种信念，才有坚定的步伐、执著的探索，才有生存的勇气和奋力的拼搏。

　　信念，是一种生命的欲望，是一份内心的倔强，也是生命葱茏的源泉。拥有信念，就拥有了生活，拥有了前进的力量；拥有信念，就拥有了成功，拥有了生命的灿烂。

　　信念，是一份曲折，是一种跋涉，也是一种艰辛与磨难。怪石峭壁、荆榛荒原是探索者脚下的从容与不懈，是奋进者心中的自信与跨越；风霜雨雪、电闪雷鸣是勇敢者不屈的灵魂，是战斗者不熄的胸中火焰。

　　信念，是一种境界，是一种崇高。信念，是雄鹰展翅下的广阔与无垠，是鱼儿遨游大海的决心与豪情；信念，是种子破土时生命的洒脱和前行。

　　信念，是追求，是血泪，是成功，是永恒。

（2006.8.3）

南望山微话

可贵的自律

古希腊传说中有一个故事:西壬女妖在一个岛上化成美女,专以美妙的歌声诱惑过往船只的水手自动投海。一次,一个叫奥德赛的人与同伴驾船经过该岛,为拒女妖的诱惑,他用蜡把同伴们的耳朵全封起来,让同伴们用粗绳把自己紧紧地绑在船桅杆上,他决定亲耳听听妖女的歌声到底有多大诱惑。当妖女故伎重演时,奥德赛果然神魂颠倒,抵不住歌声的诱惑,拼命挣扎,并大喊大叫要同伴为其松绑。好在同伴们耳朵事先被他用蜡封住了听不到,才幸免于难。

奥德赛的可贵之处,就在于当他确认自己无法从觉悟上、能力上抵挡女妖的歌声诱惑时,能以求实的态度,采取切实可行的拒惑措施,从而避免了一场人生灾难。这比我们现实生活中的某些人高明得多,有些人明知自己缺乏很好的思想基础,更不具备拒惑的能力,可又不采取类似奥德赛那样的措施进行自律。市场经济条件下,我们要经得住金钱、美女的诱惑,当好公朴,为人民服好务。然而,当"女妖"的"歌声"响起的时候,有人禁不住诱惑,被"歌声"推下了"海"。谁之过?人性本就有贪婪的一面,要真想拒惑的话,不妨一试奥德赛的拒惑"自律"法。

(2006.9.3)

"旧时月色"照后学

诗人李瑛在《东山魁夷的路》中,回忆日本艺术大师东山魁夷先生,在家中接待几位来访的中国文化界朋友时,在庭院清幽的林间小径上撒下几片红叶表示欢迎。撒几片红叶在客人走过的小径上,反映出东山魁夷先生对自然美的心境,这种细腻的行为,也为中国客人了解这位艺术大师提供了一把金钥匙。美国的福克纳是一位乡土作家,虽然非常保守,但也不妨碍他成为一位伟大的作家,而且还成为了美国文坛的"先锋派"代表人物。福克纳身材矮小,他整天呆在家里,一会儿干点杂碎活儿,一会儿沉思后又写点东西。他数十年如一日地写作,最终创造了一个广大的世界。别看他似乎干得很缓慢,但放长了比较,看似比福克纳能干的海明威、菲茨杰拉德就都有些不如了。福克纳有三大特点:一是自己有主意;二是慎重对待新的东西;三是在反对新潮的同时,产生了真正的新潮思想。由于福纳克对事物的本质方面有经常寻思的穷究精神,因此也造就了一种强大的推动力,使得他不断向前。

我国著名作家冰心,在欢度九旬生辰的照片里,她怀抱一只洁白的小猫,安详地注视着晚辈后学。如此的恬静淡然,正与老人早年在《春水》里流露出的母爱相映成趣。冰心老人的小诗、小品隽句天成,俯拾即是,也是老人人格美的浓缩。红学家、诗人俞平伯先生在晚年以"旧时月色"喻对"红学"的看法。先生在遭受半生风雨后,对曾孜孜求索的红学,仍不失诗意地概括,也正是学者超脱旷达的人格美的自然流露。这种直接或间接地留给后人的"旧时月色",对于理解、直悟、穷究大师的学识、修养、智慧及人格,无疑是一种不可多得的活学方法及做人的风范。

  学者、艺术家毕生致力于自己的专业,同时也将自己对生活的热爱,对美好事物的向往投射到事业中去,并使自己的学术或专业艺术人格化。居里夫人曾经在非常简陋的实验条件下提炼出镭。当时一克镭的售价高达75万法郎,如果及时将镭卖掉,她立刻会成为大富翁。可她却将镭赠给了实验室,并公开技术。人们都不理解,居里夫人说:"我们不能从中取利,这是违反科学精神的。用科学造福人类的价值,远远高于一克镭的收入。"居里夫人这种超越精神和高尚人格,也正是她成功的主要因素。爱因斯坦认为,像居里夫人那样的一流人物,之所以在事业方面取得成就,很大程度上取决于其人格方面的伟大。我们后人应在继承导师学识的同时,还要承接导师们的道德修养及人格风范,在潜移默化中形成自己的求知求真、宽容达观的人格美。(2006.9.6)

南望山微话

跛脚道人的罪过

据说,道人既可以把自己修炼成仙,又能替别人消灾求福。过去皇帝老儿一生极尽尊荣,临死前还想像道人一样得道成仙。现在从电影里、小说中看到的道人,也往往气宇不凡,寿眉盈尺、长髯拂胸,一副飘飘欲仙的样子,令人可望而不可及。不过,这里也有不咋地道的。《红楼梦》中的跛脚道人便是其中之一。当然,我瞧不起他并非因为他"两足高低不齐,浑身拖泥带水"。济公先生也同样衣衫褴褛,疯疯癫癫,我为什么不非议他?

贾瑞那厮色胆包天,竟打起了琏二奶奶的主意。结果狐狸没打着,却惹了一身臊,连惊带吓地一病不起。对于这样的失足者,当对症下药,使其出一身冷汗才是。跛脚道人正是肩负着这一使命来到贾瑞床前的。但是他治病救人的方法虽然新奇,效果却无法恭维。他拿出一正反两面都可照人的镜子,声称这个风月鉴"专治邪思妄动之症,有济世保生之功",且神秘地嘱咐道:"千万不可照正面。"反面是个骷髅,那么正面是什么呢?好奇心驱使贾瑞照了正面,却见里面有朝思暮想的美人儿冲他招手呢!贾瑞不能自拔,荡悠悠地跳了进去,最后一命归天见了阎王。呜呼,名为治病,实则害人,

跛脚道人之罪过也!

　　跛脚道人之罪过还有另外一个方面,虽然非他始料所及,却不能不在这里提出来。后来的一些人为了多接到"孔方兄",得跛脚道人致人于死地招法的"精髓",在社会上也干起了挂羊头卖狗肉的勾当。譬如之前在地摊上出现的封面标有"普法读物"的案例集锦之类的书刊。这类书刊对犯罪过程的叙述不厌其烦细细道来,可操作性特强,不会作案的人看了也会无师自通。对性行为的描写不惜笔墨,采用"慢镜头"加"特写"的手法,令头脑空虚者妄生邪念;有的唯恐读者未能体会到他的良苦用心,特用曲笔标出:"本书不足之处,是描写床上爱情的细节过多……"有趣的是,这样的东西在文前文后总忘不了装模作样地缀一句"要警惕呀""该清醒啦"什么的。同书中大量活灵活现的情节描写相比,几句空空洞洞的套话又能算个啥?这样的"普法读物"与风月宝鉴"何其相似乃尔"。若说有区别的话,恐怕只是铜臭味浓烈一些罢了。

　　俗语有"经是好经,可惜被歪嘴和尚念走了样"一说,但是古人却没有留下当心"跛脚道人把经念歪了"的警语。这不能不说是一大憾事,联系跛脚道人和其后效法者之言行种种以及造成的危害,笔者要向读者说一句:对表面上冠冕堂皇一本正经,实际上想把人们领进罪恶的死胡同的古今"跛脚道人"们,可"要警惕呀"——但愿这句话不被当成空话。

(2006.9.3)

南望山微话

民营也是好风光

熟人老陈,前两天找我,说他的"千金"今年从武汉一所名牌大学计算机专业本科毕业,应聘一家民营私企被录用了,工资待遇是月薪1200元,按规定交纳四金,奖金视个人表现及企业状况而定。但他还是担心民营私企没有发展前途、不稳定。

我以为,老陈观念没转过来,还是抱着老皇历卜吉凶。其实,现在的民营私企老板的素质也是比较高的,他们中许多人都是大学本科以上学历,熟谙现代企业制度,讲究科学管理,重视人力资源开发。据调查,目前上海市就有20多万家民营私企,从业人员超过230万,近于上海市企事业单位从业人员总数的三分之一。另据《湖北日报》报道,钟祥市民营经济已成为全市最强劲的经济增长点,吸纳下岗职工逾万,提供税收占据全市工商税收的一半。

好风凭借力,送我上青云。从国家宏观政策来看,现在也是民营私企迅速成长壮大的最好时机。"国退民进",表明国有产权将从许多市场竞争中退出来,而民间资本、私营企业将填补空白。不能说民营私企"风景这边独好",但说"民营也是好风光"恐不过分。我想跟老陈说句心里话,我们这些在事业单位上班拿工资的人,别看现在小日子过得还不错,没准哪天也得进民营私企去打工。至少,思想上要有充分的准备。

(2004.2.5)

南望山微话

英雄赞歌

英雄是应时代的呼唤、人民的需要而产生的。英雄的本质是牺牲与奉献。面对洪水的肆虐,在危及到国家财产和人民生命安全的关键时刻,有人跳进洪水中,用血肉之躯筑起一道坚不可摧的"人墙";当老人、孤儿、残疾人、特困户、下岗工人需要扶一把时,就会有人伸出援助之手。这就是英雄!这不是故事的叙说,也不是艺术的创作,英雄们就在我们的生活中,就在我们这个时代里不断涌现:抗洪英雄高建成,被视作人民最光荣的儿子吴天祥,为抢救4800多吨原油而英勇献生的八壮士(李胜明、姜桂新、程敬发、田小林、程仕锦、周建荣、张家华、洪小兵),为救一女青年而牺牲的萧栋栋,为救一落水少年而英勇献生的程新安,等等。

英雄是时代的光彩,是人民的骄傲。他们舍己为人,勤政为民,赤子情怀,丹心一片。在关键时刻、危急关头,一个人、一个集体显示出其特有的英勇行为,都有着一个共同的特性,即都有一种强烈的国家意识和人民意识及社会责任感。正是这种崇高的思想境界,驱使他们奋不顾身,奋力拼搏,甚至义无反顾地准备着牺牲自己的一切(包括生命),这南望山微话

是一个平常人的非凡和伟大。

  一个时代如果没有英雄,它在历史的某个阶段里将会黯然失色。英雄的光彩不灭,才是我们时代前进的动力。

(2006.4.8)

南望山微话

人生何求

在与几位大学生聊天时,他们最感兴趣的话题是,人活着应该追求什么?金钱、美女?还是奉献、事业?

人生是博大丰富的,读不尽,悟不完。对于人生的追求也因人而异,莘莘学子,青春年华,跨进大学的门,便在美丽而又充满悖论神秘色彩的人生中,同学习、创业、爱情……紧密相连,且任何一件都是诱人孜孜以求的。宋代诗人陆游说:"人生如春蚕,作茧自缠裹。一朝眉羽成,钻破亦在我。"现代作家邵燕祥说:"人生就是跋涉,人生就是开拓,人生就是与苦难斗争的角逐。"蒲松龄追求的是学者的墨水,得到的是"写鬼写妖高人一等,刺贪判虐入骨三分";马克思追求的是共产主义理想,得到的是闪耀在人间的光辉思想;鲁迅趋向革命而成为"民族魂";素有超群之才、英霸之气的诸葛亮择妻不避脸黑、发黄,只求聪颖贤慧有才干,与黄承彦之女为侣,成了刘备"三分天下"的得力助手。

当然,有的人追求一生,美好的东西虽未能如愿,但做人总要为自己的人生设计出种种目标,无论实现目标的路是何其漫长且没有尽头,但人们不能用目标是否实现来衡量一个人的人生价值。虽然经历了些许坎坷与世事沧桑,遭遇了些许人情冷暖、风物变迁,尝了些许苦头与辛酸,只要我们追求的精神是崇高的,追求的目标是美好的,追求的胸怀是坦荡的,追求的态度是认真的,追求的脚步是踏实的,我们便不枉此生。

(2006.9.19)

故乡霉豆腐

有独到韵味儿的故乡霉豆腐,在我的记忆中是特别清新爽口的,尤其是在炎热的夏天,稀饭煮稠了,放至发凉的时候,取一小碟,将豆腐从老坛里夹出,便可细细地拌了稀饭入口。于是,炎热的盛夏在慢吞细品中不觉也清爽凉快起来。

离开故乡便与这份口福绝了缘,每在暑热难当时,总免不了又记起故乡的霉豆腐。听到楼下有"豆腐喽"的叫卖声传来,便跑下楼去看看,总觉得与故乡的不一样,挑些入口,更没有故乡的那份清凉。于是便乘兴跑到商店去寻找,但终未寻到故乡的霉豆腐。再后来也照着故乡的老法子霉了一坛,模样算是一般无二的,可吃来总觉得相去甚远,这时也只能怪坛不是老土所烧,心中依旧耿耿地希望着,相信总有一遂心愿的时候。

去年夏天,在故乡有过一阵小住,特地向店家要了些。主人热心,从老坛里取出几块,霉毛森森的,我高兴坏了,便急不可耐地就着稀饭吃了,虽也觉得清香,可与记忆中的味道总有些差异。我将感受据实说与主人,主人只说:"你在外时间长了,山珍海味的吃高了嘴。这霉豆腐本来就是小菜一

碟,上不得桌面的。"

　　这番经历很让我伤神,一时间竟恍惚起来,真不知是故乡的霉豆腐变了味,还是自己"在外时间长了吃高了嘴"。总之,早年的那份清爽惬意就只能在想象里了。忽然间我又想:抑或家乡的霉豆腐没变,那味道着实有过而且现在依然有着,倒真的是自己在外时间长了,不觉间身心早已变得疲惫,纵是对人生最为真切的东西也不能感如切肤,在"山珍海味"的寻觅中随波逐流了。

　　人生虽如朝露,但希望和寻求总也少不得。就算蓦然回首方知自己竟把要找的东西信手丢失了,再苦苦地找她一回,其实也很值得。

(2006.10.12)

南望山微话

壶底观瀑

去黄河壶口,一般人都习惯于站在壶口两岸,观看排山倒海、雷霆万钧之势的大瀑布。但若钻进"壶底",再去领略这壮观奇景,就会别有一番感受。

从壶口通往壶底开凿了一个石洞。沿着这条陡峭幽暗的石洞,可以一直走到瀑布的底部。这里,简直堪称一个壮观奇美的大水帘洞,你可以攀着铁栏杆,走到巨大的水帘后面,放眼望去,第一个感受就是古人所说的"山飞海立"。重倾劈崖,似千山飞崩;飞流直下,若四海涛立。第二个感受是"旱天鸣雷",悬流激荡,似惊雷四起,整个大地为之震颤,你会隐隐地感到壶底那震慑中的阵阵战栗。撼天动地、惊神泣鬼,这种心灵与身心、天地与人之间的震撼感应,只有此时此刻的壶底观瀑,才能领悟得淋漓尽致。第三个感受是"沫濡相亲"。壶口观瀑,给人的感觉是雄壮威猛、气势夺人;壶底观瀑,既有吞天化地、颠倒乾坤,又有相濡以沫、融融之亲。这融融的水汽,似濡似沫,浸润着你的衣衫、肌肤,让你的每一次呼吸,都感受到母亲河的滋润;让你的举手投足,都感受到润物细无声的抚爱……

壶底观瀑,是勇敢者的追寻,当你这么近距离地贴近这巨灵神般的狂放不羁的瀑布时,你也许会感到,自己从这种震撼中汲取了力量、信心和勇气。你的一切犹豫、胆怯和畏惧就会相形见绌、无地自容。你会自然而然地被这股气壮山河的洪流激起壮志豪情和拼搏进取的斗志。这就是黄河壶底观瀑的魅力,因为,她蕴含着我们中华民族的团结拼搏的精神和众志成城的气概……

(2006.9.26)

南望山微话

感悟生命

　　人生在世,难免会遇到坎坷。陶渊明隐居田园,寄情山水,如融仙境。范仲淹"不以物喜、不以己悲",步入旷达超脱境界。他们之所以有高大的形象,就在于他们感受到自我生命,从而创造出惊人的人生奇迹。

　　一句话道出了人生的境界。

　　不少人感叹生活的艰辛而且埋怨生命的无常。其实,人人都应该感谢上天给了自己生命。拥有生命,就应该担起自己的使命,坚定地战胜困难,不枉此生。因此我们应积极去感悟生命,积极寻找生命的意义和真谛。

　　请珍惜我们的生命吧,记住生命中的每一次美丽。记住生命的美丽并不是软弱,记住生命中的快乐,不必为以前的我和错误耿耿于怀。欣赏自己的美丽吧,不要虚度生命中的一切,因为生命常立足于我们每一个人的一瞬间。

　　让生命勃发生机吧。生命中的美一旦错过就会逝去。人生旅途中的我过得虽然艰难,但并不完全空白。

　　感悟生命,去体味生命的喜乐。让生命纯美的烙印,永远标注在爱的心中。

(2006.10.2)

南望山微话

思想如水

沧海桑田,斗转星移,一切似乎不能不接受时过境迁这样的一种历史脾气:时过没商量。然而,在如今商风熏人的现实氛围中,再次阅读150多年前问世的《共产党宣言》,仍然被它的魅力所征服。你不得不承认,它确实没有过时。这里没有曲折动人的故事,没有跌宕起伏的情节,没有令人捧腹的人物,那么,它的魅力来自哪里?回答只能是来自于它的"思想"。

是的,思想也有风采,也有魅力。难怪它问世之后吸引了那么多人的目光,激发了那么多人的斗志。只要我们回过头来看一看历史,就会看到在历史中流动着一条思想的河流:它依赖着思想自身的魅力在人类的心底流动。

不是吗?与孔子同时的那些王侯将相今安在?他们那些不可一世的霸业今安在?而孔子的"仁"学思想却滋润了一个民族的精神之树。两千多年来,也许这个"仁"无一日不到处"碰壁",正像孔子在世时到处碰壁一样,但这也不过是河流向前流动时对岩壁的冲撞而已——是活水就会流动,流动就免不了"碰壁",没有哪一条河不是在碰壁的冲撞过程中向前奔流的。

从这个意义上来看,真正伟大的能伴随历史奔流不息的思想,无疑博大精深,无疑具有代表人类心灵深处所渴望的理想,它只有从一代又一代人的心灵中不断汲取精华,才能像大江大河那样不枯不竭,浩浩荡荡,与日月奔流。伟大的思想是以伟大的人格为基础的,思想也不过是人格精神在思维成果上的表现。所以,伟大的思想背后站立着伟大的人格。

思想的魅力,也是来自于思想者的人格精神的魅力。这种魅力不仅体现为一个人所思考的内容超越了个人利益而关系到社会伦理与人类命运的问题,而且还体现于他追求与捍卫的思想的纯真,体现于思想高于生命、生命与思想共存亡的执著,这是思想家的伟大风范与魅力。古希腊的哲学家苏格拉底宁可走上断头台,也决不放弃自己的思想——头颅因思想而存在。

有些人那么害怕思想,给思想设置重重枷锁。害怕思想的人不外乎是那些不义之财的占有者和权力的专制者。他们害怕思想,是因为真正博大的思想超越了自私自利的狭隘,使不义之财的占有者和权力的专制者产生一种恐惧的心理,唯恐思想之水淹没了他们的特权与私利。

回望人类的漫漫来路,也许没有什么比"思想"经历了更为严酷的禁锢与摧残的命运。艰难困苦,"狱"汝于成。许多思想家的"思想"被视为洪水猛兽,在他们活着的时候,不知道有多少人不是流放驱逐,便是被监禁乃至被杀害。似乎谁要是和思想结下了不解之缘,就是和不幸的命运结下了"梁子",从苏格拉底到马克思,从孔子到鲁迅,无不因为他们卓尔不群的思想召来了这样那样的歧视和迫害。

然而,思想如水,抽刀不断。思想之水还是从枷锁的缝隙中奔流而出,从重重的阻碍中冲决而出,把人类带上解放的道路。人类的每一次伟大进步,无不是思想之水淹没狭隘、冲破封闭的结果。

解放思想!多么伟大的进步。从禁锢到解放,这一步人类走了两千多年,终于走出了狭隘和愚昧。这是思想家用他们的头颅为人类撞出的文明。百川归海,无人能止。思想如水!

(2006.11.1)

南望山微话

雨中城市

有什么能够让灯红酒绿、流光溢彩的城市充满古典气息而又温情脉脉呢？这就是雨。昨晚天气预报说，一团积云正抵达这个城市的上空，凉爽的雨意便早早浮在城市人的心坎里和视线中。

"南朝四百八十寺，多少楼台烟雨中。"每当吟起这诗句，我的灵魂就经历一次遨游，仿佛乘风飞临千年前的古都城上空，俯瞰那迷迷茫茫的烟雨楼台。所以，在雨中的城市，一颗心最易变得透明而又多汁。

一个疲倦的人，最惬意的沐浴便是站在雨中，那清凉的雨水，渐渐透过肤肌与骨骼，沁人肺腑；喧嚣的城市丛林，有了这雨温柔的清洗和抚摸，才有了那些临窗伏案听着这大自然宁静和谐的细语的人；还有那些撑着伞在雨中急匆匆赶回家园或漫步街头的逍遥者，以及那些在雨中涌起对家园淡如青烟的怀念的客居本城的旅行者。雨，给城市增添了多少温馨的意境啊。

城市的最美时光，便是在洗尽铅华的雨后。天空横跨一条彩虹，延伸的街道整洁宽阔，清新的空气进入人的肺腑，步出家门的人越聚越多,笑意盈盈,仿佛经过这场雨的洗礼,人变得轻松了许多。当然,还有那一条因这场雨而盈盈上涨的江流,江面上航行船只拉响的汽笛声也更欢了。

因为这场雨,平时匆匆奔波的人才能悠闲地坐在一窗灯火下,听雨声,与最亲近的人共进晚餐,娓娓述谈,涌起那种久已迷失的对家园依恋的温暖。

下雨天,我最喜欢的事便是读书或找朋友们坐着聊天。茫茫苍苍的雨声中,翻开唐诗宋词,像与古人亲切地调侃。岁月悠悠、雨声沙沙,那使人飘飘欲仙的雨声,托起我的身体与古今贤人相见寒暄。特别是那种如倾如诉的雨,让我想起一把古琴,渴望注满雨点的音符。雨中与朋友促膝交谈,更是一件赏心悦目的乐事。雨声淅沥,推心置腹,更体验出此生得一知己足矣的人情韵味。

雨中的城市,带着一种诗与歌的韵律,弹奏我敏感的心弦。虽身居城市,但我无法超脱于故乡那片养育我的土地,那里有我深深的牵挂。所以,不管是在春雨潇潇里,或是在夏雨滂沱中,我的视线仍奋力穿过城市的高楼,眺望故乡土地上的那些庄稼与田园,以及父老乡亲们那一双双渴望与祈祷的目光。

(2006.12.3)

南望山微话

怎样做人做事

怎样做人、如何处事,反映着一个人的品行、作风和修养。作为一名党员干部,做人必须"己身直,以正人之曲",处事必须"己身先,以率人之行"。

立身有本,保持执政为民的本色。执政为民,是党员干部最基本的行为准则。要做到执政为民,认识和实践主体的态度和素质是关键因素。作为一名党员干部,其本质就是广大人民群众的勤务员,其工作出发点和落脚点就是要为最广大人民谋取最多的利益,就是要做到"权为民用、情为民系、利为民谋",要大公无私、秉公办事,自觉克制私心、私欲、私利,要敢于说真话、道真情、办真事。时刻把广大人民群众的安危、冷暖放在心上,切实带领群众致富奔小康。没有对群众极端负责的使命感,没有服务群众的满腔热情,就不能体察群众冷暖,也就不可能做到"想群众之所想,急群众之所盼,干群众之所需"。

立行有度,发扬艰苦奋斗的作风。自中国共产党建党以来,共产党人发扬艰苦奋斗的作风,团结带领全国人民开启了民族复兴的伟大征程。全面建设小康社会,我们要走的路还很长,必须始终谦虚谨慎、艰苦奋斗。应当清醒地看到,拜金主义、享乐主义特别是奢靡之风无时不在寻找机会，侵蚀党员干部队伍。对此，必须警钟长鸣、防微杜渐。要在思想上筑起拒污浊于千里之外的牢固堤防。常思贪欲之害，常怀律己之心，常除非分之想，自觉做到慎独、慎初、慎微、慎终，耐得住清苦，抗得住诱惑，管得住小节，守得住本色，做"一个脱离了低级趣味的人，一个有益于人民的人"。讲艰苦奋斗，就要发扬勤政敬业的精神，这至少体现在四个方面：一是认真干事。"不患无策，只怕无心"。不管做什么事都要有认真的态度。二是敢于负责。"天下事，在局外呐喊议论，总是无益，必须躬身入局，挺膺负责，乃有成事之可冀。"遇到困难，只要挺身而出，敢于负责，就有成功的希望。三是勇于实践。实践出真知。党员干部必须坚持深入基层、深入群众、深入一线研究解决问题，必须坚持不懈地在实践中追求真理，说实话、办实事、解民忧，为发展贡献才智。四是乐于吃苦。"宝剑锋从磨砺出，梅花香自苦寒来。"成就一番事业，或干成一件事情，没有勤奋、吃苦的精神是不行的。

　　立志有向，树立与时俱进的精神。做到与时俱进，要不断提高理论修养。只有理论上清醒、坚定，政治上才能清醒、坚定。作为党员干部，要全面掌握马列主义的基本原理，牢牢把握"三个代表"重要思想，领会精髓和本质。学会运用马列主义的立场、观点、方法来分析和解决改革开放及现代化建设中的实际问题。还要不断提高文化素养。推进改革开放和全面建设小康社会主义事业，对每一个干部来说，都是一项新的学习，也是一场新的考试。树立终生学习的理念，

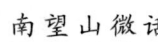

已经不是一个理论问题,而是一个紧迫的现实问题。坚持学习,掌握履行当前岗位职责所必需的专门知识和技能,广泛涉猎一切反映当今世界文明进步的新知识、新经验,立足知之在先、思之在先、谋之在先,才能真正为人民服好务。

(2007.2.2)

南望山微话

埋怨与微笑

　　一天,朋友林兄回家尚早,好心做了晚餐,却烧了一锅夹生饭,其妻大为埋怨。无独有偶,其妻不小心打碎了林兄心爱的茶壶,林兄自然少不了一些埋怨。两人就这样相互埋怨开了,妻子埋怨丈夫花钱大手大脚,不懂过日子;丈夫则抱怨妻子乱花钱,不少衣服买来了一次都没穿。两人之间的埋怨逐渐升温,妻子埋怨丈夫大男子主义,常常夜出晚归、不爱家、不爱自己……丈夫也是一肚子的苦恼,埋怨妻子这也不是那也不好……这样埋怨来埋怨去,竟埋怨到了闹离婚的地步。

　　现实生活中,可以埋怨的实在太多了,如果样样件件都埋怨,那就只能整天生活在埋怨里。设想一个人整天生活在埋怨里,会是怎样一副面孔呢、怎样一种心情呢?偶尔埋怨埋怨,也没啥。但习惯成自然,凡事不称心就埋怨那就不好了。这样的人,他的生活色调一定会很灰冷,他们的脸上永远也不会有微笑。埋怨就像一种病,在潜移默化中伤害人的身心。

　　饭烧夹生了,大不了再重烧;茶壶打碎了,再埋怨也无济于事……更何况这些都是琐事,但我们把自己的一生都耗费在埋怨中,到了回首往事的时候,又该去埋怨谁呢?如果换一种方式看待可以埋怨的人和事,那又会怎样呢?有些不妨一笑了之,有些吸取教训也就是了。只要微笑着去面对这一切,始终有份好心情,就能天天生活在阳光明媚的春天里。　　(2007.2.9)

南望山微话

留住心灵的青春

当你回首往昔,不为做过的错事而自责,也不为未能实现的愿望而遗憾,无怨无悔,不枉此生,那么你就留住了青春。

面对宝贵的青春,人生仅有一次,我们应倍加珍惜、倍加爱护,不能让她随时光的洪流漂走,不可虚度年华,空留遗憾。

把青春留在火热的心里。再过几十年,我们会更加苍老,会满脸皱纹,可我们的内心不能衰老、不能冷漠,依旧如风华正茂的年轻人。过去的峥嵘岁月,让所有美好的形象,在我们内心深处扎下根,让青春在我们的人生履历上留下最深的印记,我们的心将永远年轻。

把青春留在丰厚的收获里。收获往往与投入成正比。不要想不劳而获,这毫无意义,也不切实际。用双手和智慧去创业,不管条件与环境有多么的恶劣,只有苦心经营你的事业,才能收获最香甜、最喜人的果实。

把青春留在坚实的脚印里。人生的旅程靠我们一步步实践。生存就有竞争,我们无法回避,也别无选择。有青春做伴,正好快乐上路。障碍自然是常有的,跌倒也在所难免,不能只顾着伤心哭泣,不可忘记迈出的脚要继续前行,更不能只做个生活的旁观者,龟缩在安乐窝里,看不到自己走出的脚印。

人生是漫长的,花季与青春却很短暂。看着日子一天天消失,吟咏"红了樱桃,绿了芭蕉"这句古词,我们顿感无奈、彷徨。我们虽留不住往昔的岁月,但可以在相册里留下美好的回忆;我们虽留不住悄悄溜走的时间,但我们可以留住一颗充满活力、充满朝气的心。

(2007.3.2)

老歌如友

那是一次长途的旅行，快到长沙时天已经暗了下来。天暗前车窗外还有些景致可看，此时疲倦已至，只想快回去好好休息。一旁的司机似乎感觉到什么，关掉了一直播新闻的收音机，开始放碟。一首老歌如仙乐临凡，轻拂人心。是《酒醉的探戈》，邓丽君唱的。歌到耳边也振奋许多，回去后竟没有了疲倦的感觉。老歌的魅力，相信很多朋友都知晓。

闲时翻翻自己的CD架，中文的、外文的，竟然都是老歌，感觉自己可能是落伍了，在此飞速发展之年代被人发现落伍应该不算一件妙事，听周围人谈起时下风头正劲的一些后起之"后"、后起之"王"，绝大多数竟不知其人，也更未听其歌，感觉自己真是掉队了，于是心怀忐忑、秘而不宣。放松身心时听的虽是老歌，仍旧感到振奋与愉悦。一次电视里某后起之"后"开演唱会，这可是我补课的好时机，非常令人遗憾的是该"后"表演也算卖力，但一曲下来跑调如家常便饭，电视机外的我都不免为她着急，还好那些年轻的观众始终热情高涨。

也许是人们的喜好各有不同吧，我却因此更加喜爱那些老歌，也不再去计较怀旧是否就等于落伍。老歌宛如陈年佳酿，岁月不会冲淡它反会使其更加出色。老歌如友，岁月给我们带来永随的老歌也为我们带来永随的老友。人生于世难免遇有烦心之事，谁说歌声与老友的相抚之言没有异曲同工之处呢？对老友我们可以敞开心扉倾诉，当你跟着那些熟悉的曲调歌词轻声吟唱时，不也是一种倾诉吗？在我们的人生道路上，老友知己的关怀犹如春风化雨，以琴弦拨动心弦的老歌，分量仍是极重的。

歌的好坏，能否传世传唱应该是一个很好的检验，用心力打造的歌曲，许多年以后仍会有很多人用心去听去唱。朋友也是要时间来考验的，多年相伴的老友正是可以和我们一同吟唱那些老歌的。国画大师齐白石有一方最爱的石印，印文是"三百石印富翁"。同样，有了老友还有那么多的老歌，我们也是富翁。

（2007.4.6）

南望山微话

人生感悟

• 河水越深的地方,声音越小;河水越浅的地方,声音越大。一个有功绩的人,就应该像深水处那样,悄然无声。

• 遇到一次失败,就是在经验的档案里增了一份卷宗,在智慧库里添上了一颗珍珠。

• 蜻蜓点水,虽忙得不可开交,可水的深浅还是永远不知道。

• 学知识的目的就要很好地运用,如果光学不用,就如光耕地而不播种。

• 邪念是丑恶之源,道德是立身之本。

• 曾留下一行行凝聚着智慧和力量、心血和汗水脚印的人,才是踏进成功之门的艰苦奋斗者。

• 理智可以避免过失的行为,爱能治愈心灵的创伤。

• 激情不可像潮汐那样时涨时退,而应该像滚滚长江,一浪高过一浪。

• 勤奋的飞瀑,能冲开智慧的闸门;安逸的暖流,可是要腐蚀意志的长堤。

• 滚滚向前的时代巨轮不会等待虚度年华的浪子,准时正点的列车不会迁就姗姗来迟的旅客。

(2007.5.4)

南望山微话

乐淘旧书

淘旧书的乐趣，是淘到了自己十分喜爱的书。数年前，在上海一家专售旧书的店里，经那位很文雅的看来也是"读书种子"的中年店主的热心介绍，我一下子淘到了十几本喜爱的书，如关于鲁迅先生笔战经历的《一个也不放过》，介绍丰子恺漫画的《几人相忆在江楼》，苏曼殊早年的小说《断鸿零雁记》，以及《梁实秋沉浮录》《在家和尚周作人》《浮生六记》，另外还有早年商务印书馆出的尺牍型《离骚》……因为这些非常中意的书，我的身心在由上海回来的旅程中充满愉悦。

我爱淘旧书，并不完全是看重旧书很便宜的处理价码。晓风残月，萤光如星，在我看来，旧书往往带有一种很古朴的沧桑感。无数的书籍印刷出来，又毁掉了，唯独它留下来，穿过岁月的阻隔与我们握手。秋风夜雨读旧书，这就像是很宿命的缘分。

一花一世界。真的，旧书里的每一个词，每一句话，每一张发黄的页码，都浸染了它们那个年代的痕迹。一种回忆，一种时间的倒转，品咂着那尘封在岁月里的往事和情感，仿

南望山微话

佛穿行在一条既陌生又熟稔的街巷中。

读书之乐,贵在愉悦。常常,我淘得很满意的旧书时,并不急于马上开卷翻阅,而是等到某个节假日里,带上书回到故里老家小住一二日。老屋后面的林阴下、院篱旁、瓜棚豆架下,都是宜于读书的好场所,特别是在微醺的风里读着一些浸透历史沧桑的旧书时,更容易从灵魂深处产生一种强烈的皈依感。

有时,阅读累了,会离开躺椅,四处走走,闻着草香花香,牵着莹莹豆藤绿绿瓜蔓,丝丝缕缕便有许多书里书外的意趣在心头缠绕披拂,摇曳生姿……就像我们在不经意间轻轻哼起一首老歌。

既然是读旧书,有时翻到哪页读哪页,眼光落到哪行读哪行,不必太考究,那些精言奥义,博洽雅事却也并不曾漏脱,每每有会意时,顿生春雨入心的快慰。

读旧书就是这样,曾经的热闹已经沉寂,曾经的沉寂却慢慢醒来,与我们对视……于是,我们前行的生命旅程中便少了许多浮躁和虚妄。

(2007.7.7)

南望山微话

天池絮韵

天山第二高峰,博格达雪山下的天池,谁人不知,何人不晓?古往今来,诗人墨客留下了比山石还多的誉美词藻。

一位企业家的名言:"你无我有,你有我优,你优我特。"这是指产品,其实文章也是一种产品,只不过特殊一些而已。

我也叙写天山。只是不写那水中的倒影、云杉的浓绿、湖水的清幽,也不写那天池的星空、情韵的绝妙。我想换个视角看天山、写天山。

泛舟天池,湖水幽深莫测,顿生几分神秘色彩。舟行不久,来到一个去处,泊舟上岸,有石阶数百级,扶摇直上山顶。在这高海拔的山上攀登,如牛负重。当登上山顶,眼前忽然出现一片红光,如晚霞凌空。细瞧,但见香火缭绕,云遮雾障,又生几分玄虚。缥缈中有一座辉煌的庙宇,"瑶池宫"三个金字赫然入目。

据介绍,这是20世纪90年代的新建筑。供奉的是神话中的西王母,真是古为今用的典范。这一创意,竟吸引了不少的游人和善男信女,故香火极盛。庙内充斥着比香火还浓的商品经济气息。买一柱高香要付香资几百元,令人咋舌。

看来谁掏腰包越慷慨,谁越虔诚。不知是否有亵渎神灵之嫌,不便妄加评论。

相信昔日人们以笃诚之心,塑成了至尊无上的神灵,今日为何以铜臭玷污了圣洁的初衷?虽然礼佛自由、烧香自便,但仍然免不了感慨一番,衷心祝愿那些烧了香的、未烧香的都能实现心中的愿望。相信有"慈悲之心"的神灵不会介意香资的有无与多寡而做到一视同仁、众生平等。

(2007.8.3)

南望山微话

丽江行

  过石林,走大理,丽江就扑面而来。

  我们是傍晚时分到达丽江的,汽车在一个街头停了下来,左盼右顾后有些失望,总觉得丽江与我们江南的集镇并没有什么两样,定是导游小题大做了。怀着疑惑的心情跟着导游沿着弯弯曲曲的小巷,转了几个弯后到了一扇门前,不一样的丽江才露出几分峥嵘。大门的正前方有一堵墙,墙上有徐霞客写的《宫室之丽拟于王者》,这位明代文学家兼旅行家曾两次到达丽江,始终没能进得府去,只在门外观赏,见那房屋建筑非同一般,因此发出了这一感慨。大门的左侧有几幢古老的楼房,导游介绍说是驿站,是接待京城官员和贵宾的地方,跨门而进我就产生了错觉,仿佛自己是在故宫,一幢幢的主楼建筑,与故宫一样排列,那汉白玉的栏杆,那四合院似的小房也与故宫差不多的布局。通往后花园的门紧锁着,只有登楼过天桥而去。天桥是木姓土司修的,他曾是朝廷的三品官员,有着显赫的地位。通往后花园的路正好要横穿一条街市,他就跨街架桥,"天威咫尺"。沿着长廊就走向半山坡亭子,可以俯瞰丽江城全貌。丽江没有城墙,因为土司老

爷姓木的缘故,木怎能被墙围起来呢?没有围墙,树木一个劲地成长,如今已是扶疏叠翠,生机盎然。

在木府用了晚餐后,导游领着我们逛起街来。一条不到一米宽的小河清澈见底,弯弯曲曲地流经千家万户。经过人家院子门口偷偷地窥视起来,发现各家的庭院布局大同小异,小四合院里种些花草,馥郁的香气如酒一样在空中飘散,吸一口使人感到沉醉。导游说纳西族的男人比较雅,都会琴棋书画,真正干活的是女人,这里的年轻姑娘叫胖金妹,男子叫胖金哥,女人以胖为美,肌肤丰满,身段匀称,姿态动人。

纳西族有自己的文化,那象形文字我多半不认识。在东巴万神园,神态各异的木雕菩萨遍布山坡。一条两米来宽的彩色地画由山脚向山坡延伸,约四五十米长。我们由地画的左边往上走,导游说这是黑暗道,左边山坡上的菩萨也是些恶菩萨。东巴文化是这样诠释的,人类是由蛋儿子孵化出来的,白蛋孵化好人,黑蛋孵化恶人。

每幅地画都有它的意思:生前偷了牛的,死后在地狱里要受折磨;生前害过人的,死后在地狱下油锅等。地画上半部分表示天堂,东巴文化认为,殉情的男女可以进天堂。可见纳西族对殉情的人是十分宽容的。

在丽江,我见到了雪山,要知道在平原地区这正是赤日炎炎的夏季呀。导游说,连续几个月的雨季,雪山一直被锁在烟雾中,难得一个晴天正巧被我们碰上了。遥望雪山,蓝的天,白的雪,天上有光,雪上有光,蓝白之间闪起一片金花,使人睁不开眼。

　　结束了云南之旅,在返家的路上,有人称赞大理优雅娴静,百看不厌;有人对石林的奇山异石发出感慨。而我更钟情于丽江,那儿浓郁的民族文化、秀丽的山川、亭台楼阁式的房子和小桥流水人家,都使我流连忘返。

(2007.10.5)

守候清江

登过了许多山,识过了许多水,但见到清江的那天,我还是停下了匆匆脚步。

我所见到的清江,其实只是流经长阳境内的那一段而已。

那天午后,我逛完了县城的街景和店铺,便溜达到了傍城而过的清江边。这是怎样的江水哦!要说水清,漓江的清澈明丽,贼亮贼亮;九寨沟的海子里闪着一种碧幽碧幽的万古之蓝。而清江的水呢,呈蛋清色,蕴藏着绝世的柔美。整个江面波光潋滟,竟像一个裸露的熟透的巨大软玉一样晶莹剔透,任由你的目光在她上面随意地滑移,极富润美之感、舒畅之意。

趁着雅兴渐起,便唤来一叶小舢板,递上了几个银角子,荡舟江面,逍遥自在地享受数小时的"人在画中游"了。这时,我便从江上打量着长阳,感受着这个宁静的土家族小山城分外的雅致和秀丽,那木墙黑瓦的院落透出古朴,拔地而起的高楼扬着新意。最入眼的算是建在山腰上的学校,门楼上的红旗像火焰一样在风中飘扬。天上白云悠悠,山坡绿树成荫,水中鱼翔浅底。我忽然兴起,忙用手去抓鱼。鱼儿受了惊,一下子就跑了。鱼儿复现我再去抓,终是一番徒劳。鱼儿抓不着,我便干脆伸手去挥那水中的鹅卵石。哪知整个手臂都下去了,却也够不到鹅卵石的边。进而索性改用近两米长的木桨去探,木桨没进了水里,鹅卵石还是没碰着。我暗自惊叹,这清江的水确实是够清澈诱人的了。坐在小舢板上,我这才意识到清江的流速极为缓慢,收了木桨,才知道小舢板在随波逐流。这种感觉和我想象中的清江简直是天壤之别。我脑海中的清江应该是"八百里清江天上来,放排的号子震天响"……八百里长的清江一路奔波了八百年、八千年、八万年……奔到如今也真是太苦太累了。现在的交通也够发达,排工们也该改行休息了,由此,联想到自己已步入老年,一生之中也有过类似清江当年一样的壮怀激烈,如今,也该歇歇脚、静静心了。清江像个智者,在启迪着我。是夜,我在清江边租得一个顶层面江的小阁楼,抽着烟,品着茶,伴着清江一夜无眠。且有小诗一首为证:

今夜,我在守候清江,

就像守候我钟情的梅娘。

我们深情对视,默而无语,心与心却在共诉衷肠……

(2007.11.3)

南望山微话

识才与用才

识才与用才,是决定人才作用的两个关键性的因素。用才而不识才,人才只能像拉着盐车的千里马;识才而不用才,人才就像田园中悬而不食的匏瓜。它们是辩证的——不识才故难用才,但用才的取向反过来也制约着识才的标准。

史载唐太宗尝诏令廷臣推荐人才,只有大臣封德彝一无所荐,太宗问及情由,德彝答道:"臣非不尽力,但世无奇才,故不敢胡乱举荐。"唐太宗很生气,说:"用才如用器具,取其所长罢了。自古及今,哪个朝代治理国家不是就时取才,而借才异代呢?"很显然,唐太宗与封德彝对人才的理解并不相同,唐太宗的人才观念较为广泛,只要技有所长都算人才,封德彝的人才观念相对则偏狭得多,恐怕非大智大圣者不在其列。历史印证了唐太宗的英明,正因为他"降低"选才的门槛,才汇聚了四方才俊,不但成就了李唐帝业,也在中华民族史上奏出了最强劲的盛唐之音。

用才用其所长,但识才远不是这样简单。当韩信游荡街头、遭受胯下之辱时,谁能想到他会登坛拜将,指挥千军万马;当朱元彰食不果腹、做了乞丐又做和尚时,谁又会想到他能位尊九五,君临万民。"时人不识凌云木,直待凌云始道高",世人对待人才往往如此。能识才者,本身就应该是个人才,唯其如此,才能察贤才于凡伍,发寒士于末端。世人盛传的"管鲍之交"正是从识才开始的。管仲、鲍叔牙早年曾一起经商,分钱时,管仲总多取一些,鲍叔牙不以其贪,而以为家贫;管仲常为鲍叔牙出主意,但总是无效,鲍叔牙不认为管仲不智,而认为时机没有成熟;管仲到战场参战,常常中途而逃,鲍叔牙不认为他胆怯,而以为他家有老母需赡养。正是在鲍叔牙的推荐下,管仲以"射钩"之仇而任宰相,辅佐桓公九合诸侯,一匡天下,成为春秋五霸之首。从历史角度来讲,管仲无疑是个人才,但出任齐相之前,表现确实不怎么样:经商多取,是为不仁;出谋不中,是为不智;战而先逃,是为不勇。如此不仁不智不勇之辈,莫说为宰相,恐怕连做黎民百姓都不合格。而识才的重要性与艰苦性恐怕也可略见一斑。

　　识才难,用才更难。识才者需要有敏锐的目光,用才者却需有一定的权力资源(像燕昭王那样筑黄金台招纳贤才毕竟是不多的),两者不能有效地结合在一起时,"用"与"求用"的矛盾也就发生了。"月明星稀,乌鹊南飞,绕树三匝,何枝可依?"当魏武帝在许昌发出求贤不得的长吟时,王黎却在荆州发出"惧匏瓜之徒悬兮,畏井渫之莫食"的长叹。一个求才不得,一个怀才不遇,这两种心情,也是千古以来始终笼在人才头上挥不去的阴影,古代如此,今依然也。要消除这种隔

阂,除了需要更多的伯乐外,用才者也要解放思想,提高素质。你想,如果真有唐太宗的用才原则,鲍叔牙的识才眼界,燕昭王的求才诚心,汉高祖的使才手段,天下人才怎能不尽入彀中。当然,人才们也不必把自己养在"深闺",像诸葛亮那样等着明主"三顾茅庐",毕竟,那不仅要有一定的形势,更要有一定的资本。

(2007.11.1)

南望山微话

说"狐"

"狐"是象形兼形声字,甲骨文右像狐之形,左为亡声;篆文改为从犬瓜声。狐狸这家伙,动作灵活、敏捷,性格活泼、狡猾多疑,善迷惑人。基于这些特征,狐狸常被用来比喻行为不端的人或坏人,如狐朋狗友、狐群狗党。

然而,狡猾没有什么不好。狡猾是一种聪明,一种智慧。老奸才能巨猾。没有阅历,不是资深,怕是狡猾不成。狐狸的特性,使它一度运交华盖。在中国人的心目中,它曾是神圣而高贵的灵物。《白虎通》说:"狐死首丘,明安不忘危也。"不忘本是一种品德,居安思危则是一种睿智。城狐神鼠,狐狸在城墙上做窝,老鼠在土地庙里藏身,人想抓它,束手无策。动物的这种存不忘亡、安必虑危的本能,对人类是个很重要的警示。人类社会就是从人的焦虑和忧患中发展起来的。人类焦虑的对象是生的价值,存在的意义,人格的增进和道德的完善。于安思危,于达思穷,于得思丧,是颠扑不破的真理。今天我们探索太空的目的之一,就是规于未兆,拓展未来的生存空间。

因此,研究"狐"的意义与人有补。汉代大学者许慎夸狐

有三德:"其色中和,小前后大,死则丘首。"狐狸态度平和,它见到乌鸦刁着肉,那祥和、那媚态,仅靠佯装是骗不到那块肉的。狐狸群行时,让小家伙走在前头,老狐断后,为的是防患于未然。狐的窟穴多在丘墟之地,狐虽狼狈而死,意犹向此丘,如人之叶落归根。

狐狸既是善中的德者,那么它的形态变化自然也就和人类社会挂上了钩。《孝经援神契》说:"德至鸟兽则狐生九尾",九尾狐的出现,同麒麟、凤凰一样,是盛世到来或贤君出世的象征。

瑞兽观念发展到极端,便是对狐的神妖化。《诗经·卫风·有狐》:"有狐绥绥,在彼淇梁。心之忧矣,之子无裳。"朱熹说:"狐者,妖媚之兽。绥绥,独行求匹之貌。……国乱民散,丧其妃耦,有寡妇见鳏夫而欲嫁之,故托言有狐独行,而忧其无裳。"这里是借狐喻思春的寡妇。

秦汉以后,狐狸被进一步妖化。《说文》曰:"狐,祆兽也,为鬼所乘。"《史记·陈涉世家》:"又间令吴广之次所旁丛祠中,夜篝火,狐鸣,呼曰:'大楚兴,陈胜王!'"天授陈胜乃圣者将兴,百姓归之。至唐代以迄于清,狐狸进而仙化为既能作祟又能佑人的狐仙,《朝野佥载》:"唐初以来,百姓多事狐神,房中祭礼乞恩,食饮与人同之。"清代连官署也供奉它,称之"守印大仙"。

狐既然能成神,当然也能变人。"狐狸精"名称的出现,似始于唐初。《太平广记》卷四四九《韦明府》条载:"母极骂云:'死野狐魅!'""狐魅"即"狐狸精"。唐人小说中"狐魅"一词的出现,反映"狐狸精"已作为一个独立的形象存在于人们的意识和民间信仰里。狐既不是现实生活中"行踪诡秘"的动物,也不是专事害人的妖兽,而是混迹于人们、以过人的生活为意趣的"精灵"。从《太平广记》中可见:"狐狸精"化作人形,或是到人家的饭桌前饮酒吃喝;或上门求娶妻妾;或与人为师讲学;或向人学习道术;或吟诗作文;或诉讼伸冤……所有这些都表明狐狸精是以人的欲望为欲望,又以人的能力为能力的。狐狸精虽然也持有一般人所不具有、不能为的法术,但它的情感、行为都是按人的模式来塑造的。它们的心理状态、行为方式也都是人格化的。在唐以后的志怪小说中,狐狸精仍保持着人格化的特征。明代蒲松龄笔下的《聊斋志异》,所写的花娇狐魅和幽冥世界,那里的狐鬼没有一点狐味鬼气。如《青凤》《连锁》两篇,讲的是侍女偷情、寡妇夜奔,出现在其中的狐狸精,演绎缠绵歌泣之事,使人觉得那些狐鬼倒比人可爱。

(2007.12.12)

南望山微话

走好人生之路

路,有多种形态,或宽或窄,或直或曲,或长或短,或坎坷或平坦,纵横交错,千姿百态。但这些都是有形的路,每个人都能看得见,甚至也能走得到。还有一种无形的路,也就是人生之路,每个人虽然都在走,却不见得都能走得好,走得顺,感触得深。因为在人生的道路上,会有逆境和顺境之分。

逆境,可能会阻碍个人才能的发挥,使人难以在工作中、事业上做出业绩来,更难显"英雄本色"。不过,逆境也能磨练人的意志,使人成为人生之路的强者。像毛泽东、邓小平等老一辈无产阶级革命家,他们大多遇到过逆境,并从逆境中走出来,坚持下去,成为一代伟人。

顺境,使人感到愉快和兴奋,有利于造就人才,拓宽"成才之路"。但应该看到,顺境往往易使人产生优越感和骄傲自满情绪,稍不注意,便会前功尽弃,最终一事无成。历史和当今社会中,这样的例子举不胜举。如秦国的楚霸王项羽就是因为胜后骄、败后馁,而最终自刎乌江;明朝的李自成夺取北京后,时间很短,即全军覆灭,都是取得一定胜利后因为骄傲而自食其果的。

要想走好人生之路,必须把握人生的"紧要处"。

一要脚板硬。俗话说:"千里之行,始于足下。"要走好人生之路,关键是看你是否掌握了真才实学和过硬本领,是否让学习伴随一生。实践证明,一个虚度年华、蹉跎岁月的人,是很难走好人生之路的。学习是人类进步的阶梯,闪光的人生之路是由持之以恒的良好态度来保障,是靠"活到老,学到老"的进取精神实现的。学习虽不能改变人生之路的起点,但可以改变人生之路的终点。我们只有把学习当作一种兴趣,一种态度,一种立身处世、谋事立业的基本手段,才能在人生的道路上一步一个脚印地走下去……

二要身子正。俗话说:"其身正,不令而行;其身不正,虽令不从。"众所周知,山珍海味比粗茶淡饭可口,华屋美宅比茅舍陋室舒适。面对人生道路上的各种诱惑,心里有点起伏是正常的,少数人有时彷徨、观望也是可以理解的。但是,常弃非分之想,抵制诱惑,战胜自我,追求人格完善和道德情操的升华,则是每一个人应该做到的。从某种程度上说,能不能做到这一点,是检验一个人能否走好人生之路的"试金石"。

三要方向明。"路漫漫其修远兮,吾将上下而求索。"理想信念是一个认识问题,更是一个实践问题。树立远大的人生理想,应该是我们永恒的追求。只有做到困难面前不低头,压力面前不弯腰,失败面前不气馁,胜利面前不骄傲,诱

南望山微语

惑面前不动心,始终以高昂的斗志、饱满的热情、百倍的信心,"咬定青山不放松","干一行、爱一行、钻一行、精一行",才能创造无愧于时代、无愧于历史、无愧于人民的一流工作业绩。

(2008.4.27)

南望山微语

人生絮语

人生是什么？

幸福说：人生是一桌赏心悦目的美味佳肴。

困难说：人生是一条曲折泥泞的山间小路。

无聊说：人生是一杯寡淡乏味的白开水。

失意说：人生是一只风雨飘摇中断了线的风筝。

而我说：人生是多元化的，为什么非要刻意地去描画人们走过的足迹呢？

人生的道路各不相同，但无论我是站着还是坐着，总有一片土地是属于我的，如果有热情，我还可能会拥有一片森林。

不错，人都有过痛苦的时刻，有过失败和迷茫，但这无关紧要，要学会忍耐，并在忍耐中等待命运的转机。

人，也不可能什么都得到。所以，生活中还应该学会放弃。放弃对名利的角逐，放弃对金钱的贪欲，放弃一切细枝末节的东西，这样，你才能轻装上阵，主宰自己。因为今天的放弃，也正是为了明天的收获。

请不要惧怕自己的失败，也不要羡慕别人的幸运，因为成功的果实若非经过苦涩的汁液所浸，是绝难甘甜的。人生的轨迹，可以用血写，也可以用泪写，但绝不能用水写。

南望山微话

人生虽然短暂,春花虽易凋谢,但只要你去掉内心的浮躁,拒绝世俗的诱惑,用汗水洗去泥泞,用热血灌溉生命,多年以后,当你回顾过去,你会发现,自己的一生充实而绚烂。

(2008.6.7)

南望山微话

近水楼台谁得月 "杨利伟"牌

据《沈阳今报》报道,随着祖籍绥中的杨利伟成为中国航天第一人后,名不经传的绥中也从此成为全国的焦点。为防止他人抢注"杨利伟"商标,杨利伟的家乡辽宁省绥中县已经提前申报了水果的"杨利伟"商标。如果申报成功,那么意味着小县城绥中将开始推销"杨利伟"牌大白梨。

我们不能不在这里对于绥中县领导的精明感到欣喜,因为家乡出了这样一个英雄着实是让人感到振奋的事,尤其是针对绥中县这样一个中国大地默默无闻的小地方更是如此,所以抢先一步把本来就属于本地的名人以商标的形式注册下来,这没有什么值得怀疑的。就是有谁提出异议,那也是白搭,谁叫你那地方没出杨利伟这样的英雄。

从某种角度看,绥中县领导的做法倒是让人有"近水楼台先得月"之感。杨利伟确实在绥中出生、长大,绥中父老乡亲的养育对他来说自然功不可没。可当全国人民正在为中国航天事业实现千年飞天梦想而欢欣鼓舞之时,绥中的领导却推出了这样一个振兴地方经济的举措,想要借力来推进地方经济的振兴,利用杨利伟的名人效应来扩大地区经济的影

响。这样的初衷当然无可厚非，但把国家培养的航天英雄划在本地区的名下，利用他在航天事业中的影响来扩大地区的知名度，一方面表现出当地领导想借杨利伟这个"近水"好把绥中这个"楼台"搭起来，利用注册商标这种方法好把"月"抱在怀中。至于这个"月"会不会破坏了"近水"的平静就不去加以考虑了。对于领导来说，只要能把"楼台"搭起来，引起世人的注目也就够了，哪怕因此"近水"被搅混了也在所不惜。

另一方面出了个杨利伟是绥中的光荣，但仅仅把杨利伟的作用定位在经济发展这一个层面上，显然有些庸俗化了，把航天英雄与"大白梨"挂起钩来，只要说起杨利伟就会想起绥中的大白梨，而不是像苏联那样，说起加加林就想起了苏联的航天事业的荣耀。照此联想，杨利伟这个"近水"虽然能够让绥中这个"楼台"有一时的月光照耀，表面上怀抱了"月"，实质上只能让人家小看自己，绥中经济没有依靠自己的努力取得成功，仅是靠着杨利伟的影响来坐享其成，不仅让世人小瞧了自己，恐怕也让杨利伟因此而脸上无光。

利用名人效应来发展地方经济、扩大地方知名度，虽然能够起到一定的效果，但最关键的因素还是当地领导带领人民依靠自己的努力把家乡建设好，让人民致富奔小康。本身勤努力增实力，地方经济这个"楼台"才会根深蒂固，"近水"之功也才会发挥作用。如果仅仅把"近水"当作一个靠山，以为只要得到这个靠山就能把一方经济振兴起来，这种一厢情愿的想法不仅不会给地方经济带来发展,反而会让杨利伟因家乡的不发达、不文明,老百姓不富裕、不幸福而名声大损。这恐怕不是利用名人效应促进地方经济发展的初衷吧。

(2008.7.9)

南望山微话

小评论写作谈片

报刊小评论犹如一枝绚丽异葩,以别具一格的姿容,让广大读者和新闻界特别关注。这种小评论,往往以新闻为由头,因事抒感,就实论虚,言之有物,短而有味。多则三五百字,少则二三百字,在报纸版面上不过是"豆腐块",小评论也因此得名。也有读者称之为"袖珍评论"。小评论受读者欢迎的主要因素有四点。

一、"短而有物"

一篇好的小评论,要有"今日感",即"时代感",能够回答现实生活中提出的各种问题。大至怎么看待形势,小至菜市场里的三分钱该不该找,喜怒哀乐,皆成文章。这就要求作者选题应有新闻性,要注意抓带方向性、倾向性、普遍性的问题,最重要的是针对现实生活和新闻报道中的典型事例,或赞扬,或针对,或务虚,或提醒,讲清一个道理。这样,选题来自实际生活,触及的是当今社会普遍存在的问题,是群众"本欲言而未道出"的心声,小评论所引出的话题就能击中现实生活中一根绷紧的弦,从而引起读者共鸣,成为群众的代言

人。如1994年1月29日发表在《湖北日报》《百家言》栏目题为《开瓶卖酒好》的小评论：

  襄樊市一些酒类销售商店，为了抵制假酒劣酒，维护消费者利益，提高自己的经营效益，采取当场开瓶让顾客先品尝后购买的销售方法。顾客信服，纷纷竞相购买货真价实的"放心酒"，生意颇为红火。

  由于名酒价昂，假酒劣酒趁机在市场上鱼目混珠。特别是那些危及消费者生命的劣质酒，更使消费者提心吊胆，想喝而不敢买，害怕上当受骗。襄樊市一些酒类销售商店开瓶卖酒的做法，是一举三得的高招：其一，商品让消费者亲口品尝，是真是伪，一尝便知，作为消费者，花钱买到了真货，值！其二，作为经营者，虽多了开瓶之累，但消费者乐意购买，多卖了酒，提高了商店效益，也同样叫"值"！其三，"开瓶卖酒"不失为抵制假冒伪劣商品的一个绝招。以诚待人、灵活经营的"开瓶卖酒"的办法，很值得商界借鉴。

  作者高秌一语道破群众对待假货的心理，为抵制假货，商家和消费者共同采取的有效抵制措施，读来令人欣慰。

二、"短而精粹"

  一篇小评论就题材而言，就反映的社会生活而言，应用广角镜，接触每一个角落，然而，对每篇小评论主题思想的确定来说，倒是正相反，要求高度集中，缩小光圈，选好聚光点。这一点，不是任何微不足道的一点，应是折光的反射，光谱的交会，选择好这一点加以评论，可以收到由小见大、以一当十的效果。好的小评论，总是善于把大道理化小，一篇小评论只讲一得、一见、一识，具体实在，微言大义。这就要求作者

南望山微话

在为文的时候,从材料到观点,从角度到标题,都要别出心裁,标新立异,使小文章也闪出大光彩。如1994年5月11日发表在《湖北日报》《灯下漫谈》栏目题为《令人钦敬的"平常"》的小评论:

> 我省郧县杨溪邮电支局乡邮员余国印,"五一"前夕被中华全国总工会评为"全国十大杰出职工"之一。他像一头负重拉车的老黄牛,月复一月、年复一年默默地跋涉在那"满山黑石头,遍地黄土岗"的一百多平方公里的邮路上。
>
> 1976年他退伍后,自愿担任乡邮员,19年来,他三次延伸邮路,投递点由54个增加到280多个,每天行程比邮电部规定的最高行程还多17公里。对于他许许多多令人钦敬的事迹,余国印说:"我只是为乡亲、为社会尽了一份责任。要说,这也是我该做的,我还要继续走下去。"
>
> 余国印做着平平常常的事,说着平平常常的话,走着平平常常的路,信守着平平常常的为人之道。但他却很不平凡地活在你我中间!
>
> 我们所从事的建设有中国特色社会主义的宏大事业,需要许多"千里马",同时也需要许多"老黄牛"。余国印进入"全国十大杰出职工"的事实表明,国家和人民对"老黄牛"是多么的尊重!

作者高秋高度概括了建设有中国特色的社会主义的宏大事业,需要"千里马",但更需要像余国印那样平平常常的"老黄牛"。

三、"短而有文"

小评论需要有文采。有了新的材料和观点,还要用心构思,讲究修辞,锤炼语言。掺过水的酒不好喝,平淡枯燥的文章没人喜欢读。小评论应该上无帽、下无靴,是"赤膊文章",没有"虎头""猪肚""豹尾",但必须字斟句酌,从标题到结尾都要十分讲究。如 1994 年 9 月 3 日发表在《湖日日报》《灯下漫谈》栏目题为《"软管理"的效益》的小评论:

管理也有软硬之分,硬如目标、任务、产值、"八不准"、"十规定"等。软如天门棉纺总厂开展的给一线工人"送温暖"活动:厂长、书记当服务员,为一线工人送饭送菜、端茶递水,把办公室让出来给夜班工人作休息住房,工资向一线工人倾斜,千方百计解决职工子女就业难问题。精诚所至,金石为开。只这几件事,相信就是铁石心肠的人也会为之动心的。

由于"软管理"工作做得好,充分激发了一线工人的工作积极性和创造性,100 多名外出做生意或请长假的工人重返了工作岗位。1000 多名职工联名提出合理化建议 50 多条,厂里采纳 10 多条,增加效益 100 多万元。我们有些管理者往往只注重了"硬管理",而忽视了"软管理"。虽然也强调职工要有主人翁意识,可你的言行没把职工当主人,职工怎能有主人意识,怎能去发挥积极性和创造性呢?

"软管理"也是一门管理科学,管理者应当躬行。

作者高秌通过 360 多字的小评论,简洁而富有哲理的评和论,证明了"软管理"也是一门管理科学,作为管理者必须努力躬行。

四、"画龙点睛"

茅盾同志曾说:题目是文章整体的一部分,它应当是艺术的,当以有形象、有特点为好……标题,是文章的眼睛。标题好,就能起到"画龙点睛"的作用,对广大读者会起到强有力的吸引作用。有不少小评论的标题较为新颖、独特,颇能抓住读者,如1994年4月22日发表在《湖北日报》《一家之言》栏目题为《难能可贵十四年》的小评论,1995年5月1日发表在《长江日报》《启示录》栏目题目为《鬼气抵不过人气》的小评论,作者高秋,文章皆不过360来字,题目与文章内容相呼应,起到"画龙点睛"作用。再如《湖北日报》2003年2月份的几篇小评论标题:《如此医药广告当休》《解决问题盼"宽带网"》《回执事小暖民心》《为墙壁"减负"》《好一个"去向公示栏"》等,题目不但简洁,而且富有激情诗意,并极富想象力。

  在大信息时代,读者更爱看短文章。然而,小评论想要写短,就必须精炼,也必须讲究文采。但讲究文采绝非卖弄做作,追求华丽的词藻未必是有文采。含蓄深沉,风趣幽默,清新明快,尖锐泼辣加特色才是引人入胜的评论作品。不过,小评论写作并不难,关键是作者应热爱生活,用党的方针政策精神武装头脑,投身改革开放大潮,别只站在岸边指手画脚。与现实生活保持零距离,勤于学习,善于思考,勇于动笔,定能写出吸引读者的小评论。

(2003.2.7)

直陈血性是文章

——写在"大地杯"征文(杂文、小小说)评奖时

对于"大地杯"征文的每篇文章,我够得上是一个忠实的读者了。

她的文章我是欣赏的。其中有的只是泛览一通,过目即忘;有的则能吸引我去读,且能在读后留下咀嚼回味的余地。特别是杂文和小小说更是属于我喜欢阅读的一类文章,所以我在这里用上"欣赏"两字,如杂文《别跟我玩深沉》《新月的世界》《给陈果的一封信》《学我所想学》《编织校园文学之花》《千年叹》《关于"课桌文学"》《由寻物启事所想》等,小小说《周末爱情故事》《甘苦地瓜》《办公室的故事》《硬币》《遗失的信》《配角》等,文字生动、形象,言词犀利,感情炽热,条理清晰,构思巧妙,憎爱分明,血气方刚,谈事论人直抒胸臆,且倾注了作者自己的感情。

杂文在当今信息时代无暇闲情逸致,吟风弄月,杂文立志针砭世俗,密切接触生活,嬉笑怒骂,甜酸苦辣,皆有所指向(有很大部分的小小说也有杂文类似的功效)。杂文和小小说正因为是处于生活前沿的哨兵,能快速而真实地反映生活,所以要求文章言之有物,无血无肉还叫什么文章呢?杂文《别跟我玩深沉》《给陈果的一封信》,小小说《周末爱情故事》《甘苦地瓜》等写得生动活泼、矛盾突出、画面清晰、情感丰富,于谈笑中讥讽了校园生活中的一些不良现象,让人读后颇为玩味。

清人龚自珍有诗云:"我论唐诗恕中晚,略工感慨是名家。"古人尚知借形象思维以抒情的诗也不妨"略工感慨",来发些议论,何况今天我们作为精神文明建设的一种轻型工具的杂文和小小说,更应是感慨万千,议论纵横了。古人有云:"物不平则鸣"。此所谓"不平",并非意味着豪士侠客之"路见不平,拔刀相助"。这里的"不平"实际上指的是环境条件,客观事物在人们思想感情上激发的汹涌澎湃的波澜。文章的构思讲究感情,讲究气势。正如以鸟鸣春,是春天的气息激发着百鸟争鸣,嘤嘤求友。中国地质大学(武汉)广开言路,为我们广大的文学爱好者提供了校刊这个阵地,特别是我们校刊的编辑们辛苦地评审,才使我们这些文学爱好者,特别是杂文、小小说的习作者,也成为了我们校园文化生活的候虫时鸟,不断受着时代潮流的冲击,自然而然地把自己的真情实感发为感慨,发为议论。且那思想、情感、感慨、议论既具有作者个人的思想特点,却又是与我们这个时代大学校园生活相呼应的。杂文《给陈果的一封信》的作者在文中说:"大学不仅仅是知识的殿堂,更是人生的课堂,是正确的世界观、人生观、价值观形成的重要阶段。"可谓寥廖数语,就揭示了大学生活的本质,语言周到中肯。那么怎样实现大学生活的本质?杂文《编织校园文学之花》的作者在文中指点一二:"文学不是你生命的全部,但你生命的全部之中必然要有文学。"相信会有更多的同学在课余时间,也会挥笔投入文学创作之中的。

"小楼一夜听春雨,深卷明朝卖杏花。"刚从生活中撷趣的素材,像新荷上滚动的水珠,水面上跃起的鱼儿。水晶晶,活鲜鲜,本身就是一种风味,稍作点缀,植入作品,味道更美、更足、更浓。散文、小说、诗歌、杂文、小小说皆如此。如果时效过了,花就黄了蔫了,即便是再好的素材又有何用?正所谓文学要与时代脉搏同步。这一点对杂文和小小说尤为重要。小说以塑造人物取胜,故事以写好情节取胜,诗歌以锤字炼句取胜。而杂文和小小说,则应有相声般的幽默,小说般的故事,戏剧般的冲突,诗的语言,漫画般的生动,以及丰富的思想感情。而构成小小说和杂文题材的喜剧矛盾,是生活本身提供的,作者只是加以选择、糅合,把这些矛盾置于历史的纵坐标和社会的横坐标构成的信息参考系中,考察其审美的价值,使之典型化,并辐射出健康的美感来。如小小说《周末爱情故事》《甘苦地瓜》《办公室的故事》等,作者在人物个性、生活矛盾,以及语言的描述上都把握得有分寸,文章通俗易懂,也具有感染力和吸引力。

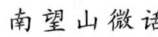

文章的可读性来源于语言,我们的文学爱好者,应在语言上下工夫。文学语言应朴素、化繁为简,深入浅出,多使用读者熟悉、理解的大众化语言,虽然我们不是官,但要力避"官腔",还要避免说教色彩和浮躁味。用平实、清新、通俗酣畅和直陈血性的文章,直达更多读者的心声。

(2002.5.15)

南望山微话

校园文学又一春

——写在小说大赛评奖时

为了隆重纪念中国近代史上第一篇白话短篇小说《狂人日记》发表 85 周年,弘扬爱国主义,繁荣校园文学,推出校园作家,挖掘扶持校园文学新人,共青团中国地质大学(武汉)委员会(简称校团委)举办了小说大赛。

当我接过校团委送来的 37 篇小说稿时,手中觉得沉甸甸的。当我一口气读完这 37 篇文稿后,心中甚是喜悦:文稿的作者,用他们娴熟的创作技巧和极强的写作能力,创作出一篇篇可喜的作品。作者们有较深厚的文字功底,故事情节构思较为巧妙,篇篇都有自己的特色。37 篇中,比较之下,《雨后的彩虹》《沉默——掌声》《平常的一天》《课堂上的鼾声》《极速远离》《一千零一颗流星》《一天之内写小说》《只有一句真话》这八篇更具特色一些。

《雨后的彩虹》读后,如啖橄榄,回味无穷。语言朴实无华,通过对一个当代大学生"李柱"在校四年的学习生活描写,反映出新世纪大学生不惧世俗、刻苦学习,艰苦奋斗求学问的积极向上精神。人才问题上,全才、通才不多,也可说基本没有,但主人翁就是要用勤于他人十倍、百倍的刻苦努力,抓住在校四年的大好学习机会,全方位培养自己,力求成为通才或全才,以有限的时间来拓展大学四年的无限知识。《雨后的彩虹》带有浓厚的抒情色彩,意境和情致把握得恰到好处。作者还注意了语言的音韵、节奏和色彩,用心谋篇布局和编排人物故事。通过对主人翁"李柱"一连串的细节描写和心理刻画,塑造了一个深沉、美丽、丰实、文明的新世纪大学生积极向上的灵魂。作者的创作潜力较大。不足之处,语言应更丰富一些,个别语言中的"粗话"应去掉。

《沉默——掌声》,作者通过对一个新世纪大学毕业生智慧、精力、责任心的描写,让人们直接感受到现代大学毕业生自强不息、积极进取的向上精神。着力表现了新世纪大学毕业生对生活的无限热爱,主人翁不为传统世俗左右,用自己的生活生存方式来教育自己的学生。当然,一个大学毕业生投入到社会生活中,对生活的爱不能是盲目的,必须在看到生活美好一面的同时,也要看到生活的矛盾和纷争的一面。对此,不但要创造、改造社会生活,而且在一些方面也应力争适应社会生活。否则,就会"众叛亲离",变为孤家寡人。一个人,如果社会生活驾驭得当,就会有更多的人加入你创造和改造社会生活的行列。作者在描写人物心理、感觉和意识时,没有忘记他们都是社会生活折射,没忘记他们的社会意义,只是希望能写得独具慧眼,有深度、有特色、有韵味儿。

生活的艺术是一切艺术中最可贵的,也是最稀有的。到底有几个人曾把生活之酒饮得痛痛快快呢?有太多的生命从许多人手中平白地溜过去,因此《平常的一天》不平常。作者通过一个大学生紧张而有序的一天,以时间为线索,循着人物从早上起床到晚上睡觉,牵出一连串奇事巧事,也从这些事情上反映出一个新世纪大学生探索人生、追求自我发展与完善的心路历程。一滴水珠可闪出大光彩,一个小缝隙中可透出灿烂的阳光。作者用心把握言语的组合,并以"人人心中有,人人笔下无"的意念和思想,来激发读者的情感共鸣,写作技巧可见一斑。

文学作品之所以是一种精神食粮,就是因为它具有认识功能、教育功能和审美功能。撇开认识和教育功能不论,《课堂上的鼾声》单就一个审美功能来说,就突出了一个"趣"字。"趣"即趣味。凡是一件事或者一个人的某一动作、某些语言能够使人愉快,使人看到一种意想不到的结果,或者因其闻所未闻、见所未见的特性令人兴奋,也就达到了趣味的效果。

"漂泊"与"停泊"似乎可以概括人间万象。有趣的是,"漂泊"与"停泊"两者之间往往相互渴慕、钦羡。漂泊的时候,总想着漂泊太苦了,浪迹天涯的日子什么时候是个头?有个温暖的臂弯多好啊!待到真在温暖的臂弯里安然而卧,又嫌安逸,没了新鲜劲儿,于是躁动不安,千方百计地寻找刺激,想去再度漂泊。这种情形,在爱情、婚姻、家庭中体现得最为明显。《极速远离》说到底就像大脑与身体、物质与精神、理想与现实这些矛盾组合一样,漂泊与停泊也会始终困扰我们,对我们(特别是青年人)进行双重挤迫,一方诱惑你,另一方肯定就会阻拦你,它们是我们大脑的两支大军,一刻不停地角逐。而我们就在漂泊与停泊之间摇摇摆摆,跌跌爬爬,撞得鼻青脸肿。恐怕直到终极的停泊到来时,《极速远离》中的人物还没弄明白,到底该去漂泊,还是该停泊。

现代文学提倡朴实无华,对生活进行原生态地剪辑,铺垫出主人翁的底色,一切都要求平平常常,让读者一眼看到底,在品尝一杯白开水时细细体味,在体味中领略人生的所爱、所恨及所有一切。《一千零一颗流星》的作者,正是在这没有刻意营造的氛围里,让作品中的主人翁用自己舍身的挚爱(爱一个人并不是占有,而是为爱的人奉献一切,包括生命),讲明了爱的真谛——印度诗人泰戈尔说过:"爱是理解的别名。"托尔斯泰说:"爱是生命。"

每个人应先认清自己、解剖自己。《一天之内写小说》向读者展现了一个新世纪大学生认识自我,从而投身火热生活的故事。作者把大学生的思想品质、真知灼见和创造力凝聚于笔端,并表现得活灵活现。

小说创作讲究"奇、精、巧",古人把有曲折离奇故事的小说称之为"传奇"。李渔说:"非奇不传。"《只有一句真话》的作者,在行文时就做足了"奇"的文章,用"奇"给读者制造了忍俊不禁的笑料。

　　文学对于人类社会的进步和人类文明的发展,对人的素质提高有着重要意义。素质教育是当今教育的重要环节,而文化素质教育又是素质教育的切入点。校团委此次举办的小说大赛,旨在提高大学生的文化品位、审美能力、人文素养和科学素质。

　　文章本天成,妙手偶得之。时代的春潮在涌动,校园的春潮在涌动,校园文学在那些默默经营,耐得住寂寞,锲而不舍的校园文化人的眷潮涌动下,在仲春之季,给大学校园带来了一股暖流。

(2003.3.16)

南望山微话

文学与音乐

文学与音乐有着密切的联系。古代诗、歌、舞是统一为一体的。文字的出现促成了诗与乐的分化,但语言具有音乐性,因为语言本身的线性组合特征及文学的时间性同作为时间艺术的音乐的实质契合,极易在形式上给人以音乐感。而且长期以来诗都是要吟诵或朗读的,人们是在语音的运动过程中了解诗意而唤起表像的,因为,即使默读也包含着语音的运动。在这里,诗的音乐因素、语音的节奏和意像的节奏相呼应,对于情感的表现和渲染都有重要作用。节奏的韵律也是构成诗的形式美的重要因素。"三分诗靠七分吟",特别是许多意境邃深的诗句,非吟不足以入其境、得其趣、领略其韵味。在吟诵诗词的同时,配以节奏、韵律及情感相和谐统一的音乐,尤其能调动人们的情感,领略艺术的美。

文学、音乐都起源于生活、起源于劳动。在春秋战国以前,诗、乐、舞三者是绝分不开的。汉武帝时期的乐府诗,便是供皇家演唱之用的。这些歌词都是汉代文学中的一个重要组成部分。到了唐代,音乐和诗歌在各自历史上的鼎盛时期,更是以新的、高级的形式,保持着千丝万缕的联系。特别

是诗歌,更是和音乐水乳交融。文学与音乐是姊妹艺术节,二者在塑造形象、反映现实方面,既有相接近的一面,又各有一定的特殊性。前者为语言的艺术,主要通过语言和用以解释概念的词汇、言语以塑造形象,抒写感情;后者为声音艺术,主要依靠乐音的高下、长短、轻重、徐急以及音色等表现手段,依靠单音在单位时间中运动发展所造成的各种节奏、和声,构成旋律,形成音响结构,进行乐音造型,以表达性情,描写对象。二者通过各自特殊的方式作用于现实世界,各有其不同的审美判断和社会功能。

音乐具有抒情性。黑格尔认为,音乐的时间"流淌性"恰恰最适宜于再现人的内心,音乐是一种"浪漫型艺术"。乐曲不是现实音响的模拟,而是人对现实情感体验的表现。文学与音乐联姻,主要是在"情"的层面上渲染、烘托与融合。文学具有独特的语言艺术性。文学最主要也最基本的特征是因为语言与文字进入这片艺术领域而产生的。黑格尔谈到此曾说,语言艺术是"把精神直接表现给精神自己看,无须把精神内容表现为可以眼见的有形体的东西……因为语言中唤起一种具体图景时,并非用感官直接动员感知一种眼前外的事物,而永远是在心领神会"。

我国唐代文学的发展,产生了许多新的文体,如词、戏曲等。初盛唐时期,民间歌词的出现,不仅因为其具有固定的长短句格式,而且开始了由歌诗向诗体的转变。中唐以后,

南望山微话

文人才士踊跃参加创作。由于诗歌本身的格式已逐渐处于一种凝固的状态,与丰富多彩的唐代燕乐极不相称。即使是入乐的七言绝句,合乐时也往往产生诸如字少音多或字多音少的矛盾。于是,诗人们对此新兴诗体进行一番改造、利用,凭借着"倚声填词",使得诗歌从机械呆板的格式中解放出来,诗与乐的结合更流畅。这一新兴诗体才逐渐在格式上趋于定型,并在意境创造及艺术表现手法上形成一套独特的"法则"。从长短句歌词产生、发展的过程看,民间创作固然有不可忽视的开创之功,文人才士的创作对于词这一新兴诗体在文学史上的地位发挥了一定的作用。

白居易的《琵琶行》,就是将文学艺术与音乐结合得很好的音乐诗作,写作手法是逐层递进的动作描写。如开始回味往事时的神情和心绪,非常形象、逼真,从"转轴拨弦三两声"到"低眉信手续续弹",对琵琶乐声的描写精彩至极,诗人连续使用急雨、私语、珠落玉盘、花下莺鸣、冰下流泉、银瓶乍破等一系列精妙绝伦的比喻,把乐声从急骤到轻微,从流利、清脆到幽咽、滞涩,再到突然激扬的过程极形象地描写出来。在这里,白居易既写乐声和弹奏技艺,又写音乐旋律中所包蕴的心理内涵,而且将三者很好地结合在了一起。"曲终收拨当心画,四弦一声如裂帛。东船西舫悄无言,唯见江心秋月白。"在一声"裂帛"般的音响之后,一切都归于静寂,唯有秋月映照江心。似乎同音乐没有关系,其实不然,正是刹那间宁静所构成的音响空白,给读者留下了回味无穷的广阔空间,达到"此时无声胜有声"的效果。其中透露的凄楚、感伤、怅惘体现得淋漓尽致,也使读者面对如此意境、氛围而心灵荡漾,不能自已。

武复兴说得好:"没有诗意的音乐是苍白无力的,而缺乏音乐性的诗歌也必将在艺术上大为逊色。"正是文学和音乐的完美结合,才使得现代文学闪烁着璀璨的光辉。

(2004.7.23)

南望山微话

新闻评论大众化的几种途径

毛泽东同志曾提出文学艺术要为群众喜闻乐见，具有大众性。新闻评论与文艺作品一样，都肩负着以高尚的精神塑造人，以优秀的作品鼓舞人的责任。新闻评论要改进方法，讲究艺术，增强宣传的吸引力、感染力和说服力。新闻评论要做到贴近实际，贴近群众，贴近生活，最重要的就是要做到大众化，新闻评论怎样才能做到大众化？笔者认为途径有三。

第一，要注意题材的多元化。社会是由不同阶层、群体组成的，各种层次的读者对新闻评论的需求不尽一样。要让新闻评论大众化，作者必须从读者的多样化出发，努力满足不同层次、群体受众的需求。从《湖北日报》的实践看，报纸新闻评论大众化的途径是，根据不同的版面内容，配发不同题材的新闻评论，从而扩大了新闻评论的覆盖面。如社论、评论员文章主要反映的是政治和宏观经济生活；《大家谈》《灯下漫谈》《三楚放谈论》广泛评论社会生活。每种题材的评论都富有个性，也都有各自的受众群体，这些不同的受众群体累加起来，就是一个极大的覆盖面。

第二，要注意品位的多层次。评论也有不同的层次。科学划分评论的层次,精心布局,是扩大评论读者群,走向大众化的重要途径之一。《河北日报》这方面做得较为到位。如反映政治生活的评论,有社论、评论员文章、《纵横谈》《群言堂》《世说新语》《直笔春秋》等,由大到小,由宏观到微观,这样明显的梯级安排,满足了不同层次、不同读者的爱好要求。总体运用上效果较好,读者基本是肯定的。

第三,要注意形式的多样化。笔者认为,评论的表现形式不外乎三个含义:一是同一媒体上表现形式也可以多样化。除了传统的评论形式外,评论的作者还可探索一些新的评论形式。如《河北日报》的《杨柳青》特色栏目,实际上也是一种评论栏目,这是《河北日报》在评论形式上所做的一次大胆创新,读者对其给予了充分肯定,实际上也是读者认可了这一创新。二是不同的媒体决定了评论不同的表现形式,报纸、广播、电视,其评论自然各有不同的表现形式,日报、晚报、行业报之间,其评论也有其不同的表现形式。三是一些报纸的系列评论。这种形式会收到较好的效果。据笔者留意,在地市级的党报中,对较为新颖的评论形式用得不多。今后,新闻评论还可以在文体形式上做出大胆尝试。如对话式评论、聊天实录式评论,以及如《焦点访谈》式的夹叙夹议评论等。形式变一变,评论的效果就可能大不一样,成功与否,有待作者尝试实践。

总之,新闻评论要想让读者买账,就必须向大众化方向努力。

(2004.8.24)

南望山微话

新闻小评论的"贵气"

"诗重意,文贵气,办事就怕没主意。"这一俗语来自民众,笔者很受启发,新闻小评论的写作得随时随地靠这"启发",新闻小评论写得有文采的就像杂文一样很受读者欢迎,如《人民日报》的《今日谈》,《湖北日报》的《灯下漫谈》,《长江日报》的《边鼓录》等栏目的小评论,读者很喜欢读。

文贵气,也不是新话题。周振甫《文章例话》中有一节就写《因声求气》。气节、气质、气势,凡此种种,文章中一定会有所流露,有所展现。小评论,作为思想性、新闻性、艺术性很强的一种言论文体,不仅注重气,更要体现和展示气。为激浊扬清,褒善荡恶,新闻小评论的作者,应有一种极强烈的社会担当。下面列举一篇1994年4月22日发表在《湖北日报》《一家之言》专栏,题为《难能可贵十四年》的小评论(作者高秋):

"不管社会刮什么风,都始终不渝坚持学雷锋。"武汉市武昌区信访办副主任吴天祥同志是这么说的,也是这么做的。1993年我省唯一获全国学雷锋称号的先进个人吴天祥,14年来顶住社会各种"风",抱定信念学雷锋,坚持节假日、星期天义务劳动,除夕夜晚同环卫工人一起扫大街。

南望山微话

徐特立同志曾说:"雷锋同志是平凡的,任何人都可以学到;雷锋同志是伟大的,任何人都要努力才能学到。"徐特立同志所说的这个"努力",其实就是吴天祥同志那种持之以恒的精神。我们学习这种精神,不仅是在学雷锋做奉献上,从事各行各业的工作都需要这种精神。古往今来,大凡事业有成的人,都是通过坚持不懈的努力才取得成功的。一生中有一千一百多项发明的爱迪生说得好:天才是百分之一的灵感,百分之九十九的出汗。"出汗",实际上也是像吴天祥同志那样对事业的执着追求。那种只凭兴趣办事,只随波逐流办事,或对任何事业都半途而废者,"出汗"太少,怎能指望有大的成功?

全文近400字,作者没按三段老套路操作,上下只有两段,一气呵成。作者憎爱分明,正气于胸,无忌而书,气助妙文的小评论,读来让人痛快淋漓。

人们喜欢读新闻小评论,与其说是很多文章写得让人称绝道妙,倒不如说是喜欢小评论那种凛然无犯的浩然正气,佩服那些小评论作者们一身正气的人格力量。小评论的神韵,兴许也就在这里吧!

小评论贵气,首先得有浓厚的生活气息,很强的现实感及针对性,也就是我们说的新闻性。远离现实,回避矛盾,小评论就伤了"元气"。小评论写作,要恰如其分地反映社会生活,说理应平和稳妥。如1995年1月9日发表在《长江日报》《边鼓录》栏目题为《年终总结也应向下"汇报"》的小评论(作者高秋):

岁末年初,各单位、各部门都忙着收集整理材料,向上级和主管部门写总结汇报,这有利于上级了解"下情",有利于制订新年前的计

141

南望山微话

划。然而,各单位、各部门的年终总结要不要向下级"汇报"呢?

有些单位、部门的领导者,年初在制订计划目标时向群众许的"诺言"很多,喊得也很响,到年终落实的不多,不了了之,连个交代解释也没有,在群众中留下很不好的印象。

笔者以为,各单位、各部门在向上级写总结汇报时,也应以诚实的态度,一五一十地向基层群众作"汇报",好让群众对单位的工作来个"回头望",检查一下单位在年初给群众许下的愿望落实了哪些,还有哪些没落实,哪些正在实施?没落实的原因是什么?年终工作总结向群众作汇报,是密切干群关系,取信于民的一种途径。各单位、各部门应努力做好。

工作总结让群众都知道,如果形成制度,也是制约浮夸风的有效办法。现在有些单位对上级虚报成绩,对下瞒天过海。工作总结、成绩汇报"众所周知",这样单位的领导就多了一道监督。

文章通篇也不过440来字,通过对年终总结这项工作,反映出上级领导及下级群众对待工作的态度,取材于社会新闻,又以自己已有的生活经验作补充,对生活中的现实问题提出了明确的观点。读来让人觉得文章有血有肉,也特别鲜活、逼真,把各类人物刻画得淋漓尽致、入木三分。

小评论写作来自于现实生活,"踩"不得半点"假水"。耍贫嘴卖弄俏皮,玩弄词藻炫耀学识的人,十有八九是要丢人现眼的。小评论写作是比较考作者手艺的,要有丰厚的生活经历,要有真情实感,要有浩然正气,才能拿出上乘之作。从书本上引几句话,再从身边凑几个例子,便来个简单的"上挂下联",若凭这种制作方法,肯定出不来好的作品。

南望山微话

小评论也可以说是一种机智的文学,具有很大的知识涵盖面。知识性、思想性、趣味性熔为一炉,读之品之,趣浓味长。下面是2003年3月15日发表在《中国地质大学学报》上的一篇小评论(作者高秋):

3月14日下午,笔者在709路公共汽车上看到了令人欣慰的一幕:一位白发老者从吴家湾站上了车。车上挤满了人。我校一位男生为老人让了座。这事在江城应属平常,何况还是发生在高校大学生身上。但动人的事在后面发生了:车到卓刀泉站,那位老者下车,一位女士欲占这个座位,老者便对女士说:"这个位置是那位小伙子让给我的,他还未到站。"说完,用眼神示意那男生去坐。

老者下车了,而那位男生并未去坐那本该属于自己的座位。不过看得出,那位男生的脸上洋溢着一种满足,一种善举得到他人承认、受到鼓励后的满足。

唐代诗人杜牧在《秋思》中吟到:"微雨池塘见,好风襟袖知。"也许,那位男生并没完全意识到他此举的意义,但却在人们的心中激起阵阵涟漪。对社会主义精神文明,自中华人民共和国成立以来,我国政府一直都在大力提倡,舆论也在不断呼吁。但缺少的恰恰是这种来自民间的、人与人之间的互相鼓励。

一切善举,哪怕是很微小的,如果能引起社会的共鸣,得到民众间的互相鼓励,就会形成一道美丽动人的风景。中华民族有几千年文明史,相信在党的十六大精神的"微雨""好景"下,社会主义精神文明会不断升华,我们地大这所高等学府的精神文明更会不断升华。

全文500来字,就体现了上述"三性",通过引用唐代诗人的两句诗,更增强了思想内涵的深度,读后让人觉得文章是有一定深度的。

南望山微话

小评论写作有点书卷气才别有一番风味。小评论的作者应多读书。时下,有些小评论缺乏思想内涵,缺乏文采,读来就那么干巴巴几条筋,说来也就那么直杠杠的几句话,学识上的先天不足,是一个重要原因。读者不喜欢"干巴巴",不欣赏"直杠杠"。于是很多人便对小评论的书卷气有了偏爱。百口百味,也在情理之中。唐弢于此就不讳言,在一篇叫作《书卷气》的文章中就来了个公开的声明:"有时候对书卷气我倒反而是偏爱的。"这番分析也颇有见地。别人怎样看不管,起码笔者是赞同的。他说:"社会是一个复合体,是由各种各样不同因素组合而成的,但又往往各有所适,各得其所,需要有书卷气的时候,就应当有点书卷气……有的人有书卷气,有的人却俗不可耐。即使时时刻刻在谈诗论文,抚琴作画,或顾影自怜,讲自己怎样和莎士比亚一起吃黄油面包,也仍然市侩气十足。也有人风骨挺拔、神采俊秀;望之俗念俱消,油然生爱慕之情;而且谈"言微中"一开口便让人涤尘解惑,说明修养有素。"如是观之,陶醉于书卷气中何尝不是一种享受?

小评论写作,文品中见人品,从这个意义上说,读文其实也是读人。小评论写作贵气,就贵在有这么一股书卷气、生活气、浩然之气!

(2005.5.10)

九寨沟水韵

"女儿是水做的骨肉……"

每读《红楼梦》,我都为情种贾宝玉这句极富人物个性的语言拍案叫绝。

前不久,当我随几位友人游览了九寨沟的奇绝风光,领略了九寨沟水的纯洁、明净、娇柔、妩媚,五光十色,千姿百态之后,顿时对贾宝玉的这一"疯话"有了一种前所未有的感悟。如果把女孩儿比作水,则只有九寨沟的水最为贴切传神,只有九寨沟的水才配得上女孩儿的骨肉和心曲,独领女孩儿的神韵和风采。

那天清晨,当我和友人轻轻地来到九寨沟著名的镜海边时,一副少女娇睡未醒的宁静画面震慑了我们每个人的心灵。

镜海是一个长约一公里的湖——九寨沟人习惯称湖为海子——四周林木葱茏,西面巨崖如屏,宛如一座天然的闺阁绣楼。湖的四周奇花异草纷繁,或红或黄或紫或蓝,恰似镜海姑娘对闺房的精心布置。清晨是欣赏镜海倒景的最佳时光,山谷无风,湖平如镜,天光云影,层林青岚,尽数倒映在蓝蓝的湖面上,如盖在镜海姑娘身上的锦被。薄薄的晨雾如乳白色的轻纱,在四周的山林间飘忽变幻,那该是镜海姑娘甜美的梦吧？纯洁、含蓄、娴静、安详……这里没有城市的喧嚣，没有市井的纷扰，只有诗一般醉人的静，静得仿佛能听到镜海姑娘丝丝均匀香甜的鼻息。

好像有一种默契，我和朋友们都屏声静息，怕扰搅了镜海姑娘的美梦。突然，我们似乎又同时意识到，我等一班子"泥骨肉身"长久地窥视一位姑娘的睡态该是何等的浑浊？于是一个个又悄然无声地登车，正如徐志摩的诗句："轻轻地我走了，正如我轻轻地来……"

如果说镜海是一位娇睡未醒的少女，那么位于镜海上游的珍珠滩则是一位活泼顽皮的姑娘了。珍珠滩是一个长约两百米，宽约一百六十米的岩滩斜坡，浅而急的水流在滩面上抹滩而下，跳跃翻滚，抛珠溅玉，水流撞击的声响犹如一支"大珠小珠落玉盘"的欢快乐曲。水到滩口形成一道宽约两百米，最大落差达四十米的瀑布，自有"铁骑突出刀枪鸣"的雄浑气势，与滩面的浅唱低吟形成鲜明的对照。

在这块神奇的岩滩上，"珍珠姑娘"尽情地玩耍着，嬉戏着，且舞且唱，无拘无束，其稚态、憨态、娇态、顽皮之态可掬。如果说滩面是"珍珠姑娘"追逐撒欢、游戏嬉闹的游乐场，让人感到活泼欢快、轻松自在的话，那么滩上的瀑布则是"珍珠姑娘"摆放的一排错落有致的千秋架，让人感到牵魂扯魄，桀骜不驯。

我们这些平日西装革履，一本正经，用尘俗的观念从里到外都严严实实包装了一番的凡夫俗子，为了做人而渐渐失去了人应有的本赋和天性,面对纯朴天然、野趣逗人的"珍珠姑娘",顿时解除了全部的武装,一个个返璞归真,和着珍珠姑娘的歌声与舞步,或喊或叫或唱或跳,疯了野了一般。灵魂像用珍珠滩的流水冲洗荡涤一新,整个身心完全融入了大自然的怀抱。

由珍珠滩再上行数千米,便到了被誉为九寨一绝的五花海。据说五花海是神鹿的化身,当地的藏族同胞视其为神池,她的水洒向哪里,哪里就会花繁林茂,富饶美丽。

而此时的五花海在我们眼里,则完全似一位艳妆巧扮、高雅端庄的少妇。正值中午,金灿灿的阳光撒满湖面,微风吹来,浮光耀金。湖岸上披红挂金的花木与如翠如黛的山色倒映水中,颜色一片片,一团团,一条条,或墨绿,或湛蓝,或鹅黄,或微红,或冷翠,或藏青,浓淡相间,变幻错杂,从不同角度看去有不同的绚丽,令人痴迷。真像一位身着七彩锦衣,神态端庄,顾盼生姿的好客少妇,向每一位远道而来的客人报以热情灿烂的笑靥。

面对这神奇的笑靥,你的一切烦恼,一切忧愁,一切人世间的不顺心、不如意都会烟消云散;面对这温柔的笑靥,一种对这方山水无限依恋和对生活无比热爱的情感从心底油然升起,慢慢浸透了我的每根神经和每个细胞。此刻,我的朋友们也产生了如我一样的情感吧!要不,一个个怎会都进入了如醉如痴的状态,久久地不忍离去呢!

(2008.8.6)

无限春光,撞上了我的眼

有句俗话"哪个少女不怀春",我要来续一句:"哪里的春光不迷人?"

尤其在这个"春"色满园的季节,满大街的姹紫嫣红,像一道道流动的风景,我忍不住要大声地歌唱:"我醉了,因为我忙活!我忙活,因为春光多!……"

是啊,应该感谢这个春意盎然的季节!你看那吊带高腰,引无数英雄竞折腰;肚兜你,令多少须眉稳不起!更哪堪,轻纱飘逸,盈盈暗香扑鼻;美目流转,阵阵电光传递!

春光它撞上了我的眼,告诉我现在是春天,虽然我是个近视眼,哪管它镜片一圈又一圈。

这是人性的春天,姑娘们才会美若天仙,那天赋的曲线要尽情舒展,若天生直线要把那材料加填!

一花独放不是春,万紫千红春满园。迎面走来的是清纯欲滴,刚刚过去的是润泽浑圆,站着的玉树临风,端坐的艳艳人寰!

在这短短一瞬间,让我再看你一眼,不知何时再能相见?我只好看一眼是一眼!

啊,你是城市的焦点,你是养眼的美餐,司机因你忘了刹车,小贩因你忘了补钱,丈夫因为你挨妻子的白眼,光棍因为

你在黑夜拍打床板!

因为你,校园曾掀起剧烈的波澜,人们争论得面红耳赤,他们仰道问苍穹:校园里到底该不该也有春天?

因为你,多少文人骚客梦绕魂牵:"满园春色关不住,一只红杏出墙来。""云想衣裳花想容,春风拂槛露华浓。"

啊啊! 不看你的眼,不看你的眉,看了眼里就是你,忘了星期几!

啊! 啊呀!! 至若春光乍泄,风情万千! 羞答答的玫瑰惊乍乍地开,突然地绽放她不承认的情怀! 来如风,去如电,令人痴痴地怀念! 最是那一低头的温柔,像一朵水莲花不胜凉风的娇羞,道一声珍重,道一声珍重,那一声珍重里有我说不清的理由。

我承认都是春光惹的祸,那样的春色太美你太温柔,再怎么心如止水也会浪打浪!

七月流火,才是人间真正明媚的春天! 每一道风景流淌在街上、在商场,在茶楼,在咖啡屋,在酒吧;每一丝风情游弋在眼里,在唇边,在发梢,在腰际,在臂弯;每一个诱惑浮动在阳光里,在空气中,在玻璃门后,在霓虹灯下,在漫不经心的耳语间……

每一次闭上眼就想到你,你像一句美丽口号挥不去。在这春光乍泄的季节里,每个人都要学会活得积极,让我对你大声说句:再来一次! ……哦哦哦,春光无限,撞上了我的眼!

(2008.4.21)

南望山微话

意咏秋天

盛夏的余热还未散尽,秋便急匆匆地赶来。

秋风、秋雨、秋色、秋香,浓墨重彩地绘制出一道道靓丽风景,撩拨着人们炽热的心弦。

秋天采摘果实,收获理想——总与丰硕相伴。

秋天翻开热土,种植未来——总与希望相连。

金秋的傍晚简直就是一幅绚丽多彩的画,一幅艳美惬意的写意:金色宛如一抹重彩泼洒在天际,空气中弥散着浓浓的清香;沐浴着晚霞与暮色的一座座村落,古树般闲静的老人和雀跃的村童,在余晖下各得其乐。

秋象征着成熟和深沉,秋给了人们很多的回味、思考和遐想。所以人们总是礼赞秋天。

为了秋天的诗行更加葱茏,也为记忆的枫叶更加火红,让我们成为一支支笔,一盆盆火,在秋的季节与秋共同去燃烧、去涂抹。

(2008.9.24)

南望山微话

伟业千古事

纪晓岚在《阅微草堂笔记》中讲述了一个故事：某官死后见到阎王，自称清廉，所到之处只饮一杯水，不收一分钱，自认无愧。不料阎王训斥："如果说不要钱就是好官，那么立个木偶在公堂上，连水都不喝一口，不比你更廉洁吗！"官员辩解："我虽没有功劳，但也没罪。"阎王说："你处处想着保全自己。为了避开嫌疑没敢说真话，不是有负于民吗？怕麻烦没有上报朝廷，不是有负于国吗？"对为官者，无功就是罪！这个故事是虚构的，听起来虽然有些荒诞不经，但却也如哈哈镜一样，折射出当时官场的状态，其中揭示的深刻道理至今仍有借鉴意义。

在热播的电视剧《人民的名义》中，光明区区长孙连城就是一个不想升迁，也不想贪腐，一心观测天文，自称"心怀宇宙"的"懒政"干部的代表人物。他身为区长，又是光明峰项目的负责人，位置坐着，不办实事，给大风服装厂职工以及光明区的信访群众，带来了极大的痛苦和伤害。《资治通鉴》曾记载唐代一位名为王及善的官员，因才行平庸被时人讥讽为"鸠集凤池"，比喻为"斑鸠占了凤凰池"。虽然他身处右相之位,但只做出了一条规定,要求官员不准骑驴入官署,由此留下个"驱驴宰相"之名。还有宋神宗时宰相王圭,"以其上殿进呈,曰取圣旨;上可否讫,云领圣旨;退谕禀事者,曰已得圣旨也",被时人称为"三旨相公",讽其失职。

最近又读到韩愈的《争臣论》,感触颇多。《争臣论》是一篇从当时的政治出发、有的放矢的经典论文。阳城是一个很有名望的贤士,应诏任谏议大夫,在职五年,"未尝一言及于政"。人们却依然称赞他是贤士。韩愈不同意这种看法,于是写下了《争臣论》。阐明每个做官的人都应尽职尽责,为国家效力。韩愈在文中严正地指出:"有官守者,不得其职则去;有言责者,不得其言则去。"韩愈针对谏议大夫阳城不认真履行自己的职责,身为谏议官却不问政事得失的不良现象,用问答的形式,对阳城的为人和行事进行了直截了当的批评,并指出为官者应当认真对待自己的官职,忠于职守,不能敷衍塞责,得过且过。虽然之后阳城有所改变,不过经历史学家研究发现,在中国上千年的封建制度下,官场的"秘诀"在于一个"推"字。由于封建官场的"考绩"是以"不办错事"作为合格的基本标准,于是"多干多错,少干少错,不干不错"便成为不少官员的遵循,整个官僚阶层,自然形成了一种"不作为"的风气。历代的有识之士虽看到了问题的所在,并提出了切实中肯的警告,纵然也能引起少数统治者的重视,但由于时代和制度的限制,无法从根本上消除此类官场

痼疾。

  随着党的十八大以来正风肃纪力度的不断加强,党风不断好转,打"老虎"拍"苍蝇"取得显著成效,人民群众满意度在不断提升。《人民的名义》中不是有贪腐官员抱怨"为官不易""官不聊生"吗?腐败的干部固然可恨,但"孙连城式"的干部更加可恶。作为人民公仆,既要保持清正廉洁,又要追求事业有成。为官就要为民,干部就要干事。时代在发展,干部责任重。仕途一时荣,伟业千古事!

(2017.5.26)

南望山微话

学做时代精神的富有者

三军获胜靠主帅,群雁高飞头雁领。当王光国用 6 年时间带领村民在悬崖上一锤锤、一镐镐,终于凿出一条长 2.5 公里公路时,他已创造了"死亡之岩"上的人间奇迹。恩施土家族苗族自治州建始县龙坪乡店子坪村的村民,永不会忘记这支队伍的带头人——村党支部书记王光国所凝聚起的强大的拼搏精神。要学习这种精神,我们的全体党员,特别是党员干部都应像王光国同志那样争做时代精神的富有者。

党员干部成为时代精神的富有者,就要像王光国那样在冲锋的路上不留遗憾,始终把拼搏精神像钉钉子般地敲进人生。有着"愚公支书"雅号之称的王光国,一副农民的行头,一股村干部的劲头,在村党支部书记的位置一干就是 15 年,村民们说他是一位比石头还硬的"硬汉书记"。在工作中他踏实肯干,乐意为村民办实事,村民们也尊称他为"提鞋书记"。其实他是一位"追梦书记",他怀揣梦想百折不挠,为村民能方便地走出大山,他说:"再坚硬的岩石,也硬不过人的意志。再难走的路,也会在脚下延伸。"他抱定决心:"五年修不通,十年;十年修不通,二十年,这辈子修不好,我们的子孙

修起来也有了基础。"他的修路决心就形成了村民的凝聚力,也是引领村民走向富裕的"闪动力"。

党员干部成为精神的富有者,就要像王光国那样始终永不言败、永不服输,最大程度地获得成功的基本素质。这一段路虽只有短短的2.5公里,但山如斧削,相对高差达100多米。更重要的是要在悬崖峭壁上"啃"出一条路来,其困难程度可想而知。但是有王光国在前引路,村民们就敢光着膀子干,即使悬着、吊着也会攻坚不畏难。只要对村民有好处,冒再大的风险也敢承担。"敢"字当头,"实"字托底,"严"字把关,就可取得成功。

党员干部成为精神的富有者,就要像王光国那样始终富有责任心,做人民群众能力发展的催化剂。敢于承担责任,这是王光国在平时工作中锻造的精神之魂。在农村工作中,特别是党员干部更要有勇气和敢于担当的责任心,更需要有逢山开路、遇河架桥的坚定追求和意志;要有铺路石精神,还要勇于探索不懈怠,敢于攻坚不畏难。对于应该做的事,就是顶着压力也要干;对于应该负的责,就是冒着风险也要担。只要为群众做实事,哪怕只有百分之一的可能,也要做出百分之百的努力。

党员干部成为精神的富有者,就要像王光国那样始终坚定不放弃、带领村民奔富路,在坚持中夺取胜利。我们每个党员干部既要有改革创新为人民的大家胸怀和眼界,还要把自己看成是改革创新中的一颗螺丝钉,做到自我进取不松劲,践行使命作贡献,用自己的一言一行和一举一动,推动各项惠民政策落实生根,让百姓拥有更多的改革成果的获得感。

(2017.6.3)

南望山微语

微花能自拔

陶渊明爱菊,周敦颐爱莲,林逋爱梅,而我则钟爱萱草。唐代李咸有诗云:"莫言开太晚,犹胜菊花秋。"宋代苏东坡诗云:"萱草虽微花,孤秀能自拔。"

菊的雅致,莲的高洁,梅的坚贞,不独雅士高人喜欢,我也喜欢。但不幸蜗居喧闹的都市,远离了生命赖以鲜活的泥土,也就失去了喜欢它们的条件。试想一下:采菊东篱下,骇然见高楼,哪里还有半点诗意?莲则不宜盆栽,无穷荷叶连天碧,纵然不是十里长湖,也该有半亩方塘观别样红的映日荷花。而梅更不适宜家居,疏影横斜,暗香浮动,赏梅需有水的映衬、月的烘托。无力拥有优裕的环境,自然也就无缘领略高雅的情趣。花招人喜爱,或因诱人的姿色,或因诱人的芬芳。但花无百日红,有盛开的热热闹闹,就有衰败时的冷冷清清。英雄迟暮,美人零落,繁华之后的寂寞更叫人感伤——与其潮涨潮落,不如平平淡淡。譬如兰花,虽说有"空谷幽兰、王者之香"的盛誉,但在我眼中,却无异于九天的仙子,或傲世的才子、冷艳的佳人,原不屑与我辈为伍。

我喜欢萱草,它随遇而安:窗前檐下,床头岸边,只要你存心,自会蓬蓬勃勃,蔚为风景。它所需要极少:一掬清水,几捧薄土,也就心满意足,无怨无悔。它不惧污染:尘扬灰落,烟蒙雾罩,但只要喷喷水,淋淋雨,自有掩不住的仙风道骨。它不需着意的养护:质朴的盆,平凡的几,最与娴雅清纯的气质相宜。然而,它给予你的却很多很多:悠悠扬扬的碧叶,潇潇洒洒的穗花,清清爽爽的趣,自自然然的情,纤柔而不孱弱,坚贞而不孤傲。它春不娇媚,夏不放纵,秋不颓废,冬不哀怨,永远美丽如画,生动如诗。它没有撩人感官的花,唯有舒心怡神的绿:绿得时时如春,绿得处处生情,绿得如痴如醉,绿得欲歌欲舞……

在我的案前,就摆着这样一盆萱草。

于是,我迎着它而视,似有碧草连天,绿荫垂地;我依它而坐,似有清风入怀,天籁入耳;我伴它而读,便觉吐字如珠玑,行笔如流水;我循它而思,顿感逸兴遄飞,心有灵犀。我远离,它是我梦中的情人;我归来,它是我渴盼的知己。它滋润着我的心田,纷纭了我的思绪,缩短了我与日月星辰、山川田畴的距离,疏通了我与蛙鼓蝉鸣、渔歌牧笛的情脉,启发我挣脱物欲的羁绊,走出了灯红酒绿的迷茫,去拥抱清风明月,沐浴雨露阳光。室有萱草,喧嚣中自有宁静,猥琐中自有高洁;拥有萱草,便意有所属,情有所依,生活充实,永远青春。

我心中,永远有一丛"孤秀能自拔"的长青不衰的萱草!

(2016.9.4)

南望山微话

那个时间、空间大写的人

22岁担任通山县委书记，创建中国工农红军独立第三师，威震湘鄂赣3省18个县，蒋介石悬赏5万大洋缉拿，1934年2月5日被诬陷为国民党"改组派"而逮捕，时年28岁。在被拘押期间，有人要帮他"逃生"，他坚拒说："我自参加中国共产党以来，就是共产党的一员。宁可死在红色政权之下，也绝不遭国民党的屠戮，也绝不到国民党那里去找出路。"临刑前，脱下身上的皮夹袄，对行刑的战士说："现在革命还很困难，留给同志们挡挡风寒吧，不要让它沾上血迹。"这是一名致力于红色文化研究的湖北省通山县镇南中学女教师——谭兰芳新近出版的《叶金波传》（中国文史出版社）中泣血的书写。掷地有声，振聋发聩。虽然80多年过去了，我们仍从书中见到一个红军将领当年那鲜活的人物性格。叶金波将军和那群与他一起战斗的英雄们，无疑都是国家的魂魄、民族的脊梁，他们肩负着使命、满腔热血，情系水深火热中的劳苦大众，置生死于度外。

鲁迅曾说过，无穷的远方，无数的人们，都和我们有关。感谢谭兰芳这部力作，历史不会被岁月风干，叶金波那位当年的红三军将领和他率领的那群人物遭际的那些事,关乎着我们的现在和未来。血色往事需要温故,烈士们绝不会被遗忘,更不会无声湮灭。因为,过去的事不但是历史,更是光芒四射的航标灯,指引着人们的现在与未来,并启迪着人们生存的智慧。如果说,有一种英雄,他始终站在国家、人民和时代前列为正义奋斗,最终献出宝贵生命,那么,他就是革命烈士。书中许多让人眼眶潸热、触目惊心的场景及细节描写,让人想到:"英雄非无泪,不洒敌人前。男儿七尺躯,愿为祖国捐。英雄抛碧血,化作红杜鹃。丈夫一死耳,羞杀狗汉奸。"这是铁血诗人陈辉当年为祖国和人民唱出的最为壮美的阳刚诗篇,借以表达对对叶金波烈士的英雄礼赞。

叶金波烈士是人们心中永远的丰碑,砥砺我们前行。铭记历史,缅怀先烈,今天我们应担负起振兴中华民族的使命。"朝朝桑垄葱葱叶,代代蚕山粲粲丝。铺路许输头作石,攀天甘献骨为梯。"这是胡乔木诗作《有所思》中的四句。叶金波烈士用他短暂的一生践行了一个共产党人为真理而"输头作石,献骨为梯"无私无畏的献身精神。谭兰芳花5年心血为撰写《叶金波传》所付出的一切,也同样表现出了一个新时期共产党员为还原历史而"输头作石,献骨为梯"的靓丽形象。

(2016.8.22)

南望山微话

清欢人生

人在社会生活中,总有人说你好,也会有人说你不怎么样,没有人是十全十美的,关键在于你自己的心态。心介怀,则烦恼多;心淡然,则身欢愉。与君子争辩,理通自明了;与小人计较,则自寻烦恼。要始终相信,真正的朋友不在乎你飞得多高,而时刻都在关心着你走得有多累;真正的知交会始终相信你、支持你、伴随你;真正的伴侣能洞悉你内心的冷暖,看穿你笑容后掩藏的孤寂。离开的并非是值得在意的,真正关心你的人风里雨里地爱着你。而我们只要秉持着一种淡然的情怀,用明媚的心笑对人生,相信自己,心存善意,处处会风清月明。只要你心有桃源,相信处处都会春暖花开。

不必解释,无需承诺,最好的爱情是不说爱你也能感受到爱人的心跳,不说地老天荒也会彼此不分不离;不必讨好,无需约定。最好的友谊不一定是得意时送上的鲜花与掌声,但一定会风雨无阻地伴你同行;不必伪装,无需掩藏,最好的知心不是挂在嘴边,而是放你在心上,你不用过多言语,只要你一个眼神肯定,自然就会在这里。心妩媚,则世界优美;心宽广,则世界晴朗。你想要得到什么,就得加倍付出什么,以真诚的心待人，以宽容的眼读心。爱人者，人恒爱之；敬人者，人恒敬之。

真正爱你的人，不会说许多爱你的话，但一定会做一切爱你的事；真正爱你的人，无需你刻意留住，但你要知道，他什么情况下都不会离你而去；真正爱你的人会给你安心的守候，陪你一起细水长流，许你温暖流年；真正爱你的人，不一定太在乎自己，但一定是把你放在第一；真正爱你的人，不会离你太远，在你需要的时候，他一定会与你在一起。

经历之后，才会懂得，真正的爱情不是海誓山盟，风花雪月，而是两人的心永远在一起，没有大富大贵，只有平凡相依；经历之后，才会明白，在你得意时受到的鲜花和掌声都是缥缈的浮华，在你失意时挺身而出的人才是你的知交，雪中送炭远比锦上添花更可贵；经历之后，才会知道，不必怨天尤人，各人都有自己的难处，你看到别人是快乐的，那是因为他们懂得忘记悲伤。岁月是一部书，风作笺，尘为字，苦乐其中。让心成为大海，学会包容，方可自在。

知道感恩，是一种高贵的品质；知道珍惜，是一种温暖的情怀。感谢磨难，造就了生命的不屈；感谢经历，筑就了精品的堡垒；感谢悲伤，成就了心灵的坚强；感谢阳光，明媚了灵魂的殿堂。感谢缘分，让天南地北的你我相遇；感谢有你，出现在我生命里。珍惜拥有，万般随缘，你若安好，便是晴天。

(2015.9.7)

南望山微话

书润心田

一本好书,气象万千。字里行间,飞扬的文采情韵脉脉,哲思悠悠;尺幅之内,人生的盛景深深浅浅,浓浓淡淡。斗转星移,无论多少岁月嬗变,只要打开一本书,汩汩甘泉浸润心田。

也许阅读中你才会找到真实的自己,甜蜜与伤感的往事,才会在不经意间一点点浮上来。在阅读中,你才会发现,原来一切并未泯灭,只是因为在某个角落搁置得太久,被世俗的尘埃蒙上了阴影。我喜欢这样与书为伴,一个个踏实的日子,被我从书中捡回,然后牢牢地攥在手中,从指间溢出的是一行行单纯的文字,散发着些许思索和追忆的清辉。

捧读一本书,每到精彩之处总要停下来细细品味。在走过童年的欢乐,少年的幻想和青春季的无奈,我的心在无数的忧郁和挣扎之后,有多久没被这文字所感动过了?有多久没有为书中主人的盛衰而慨叹过了?我们曾嘲笑为落花而忧愁的少女,无暇聆听窗前的雨声,更不屑于春花的芳菲和秋月的朗照,就这样不知疲倦、木然地奔向遥远的目标,一路上的风景,像车窗外的行道树,一纵而过,模糊不清。不知什么时候，竟也变得冷硬粗糙，也会为一点小小利欲而耿耿于怀了。

坐在书房里，捧读一本经典，那种静谧的高山流水之音，宛若远去的时光和唯美的纯朴，一下子让人把生活中的世俗遗忘。与书中的大师的对话，随时都会为之折服。他是一个智者，永远都对你关照；也是一位长者，永远对你和蔼；更是一位挚友，永远都会给你精神上的愉悦。

喜欢读大师们的书。大师的书是什么呢？我说，她们是散落在历史长河中色彩绚烂的珠贝，是夜幕深沉的路上摇曳的灯火。李白举杯邀月，东坡把酒临风，鲁迅横眉冷对，巴金忧国悲民，托尔斯泰大气磅礴，巴尔扎克尖刻幽默……这些黄金般的思想，是智者的心血，是一个生命不朽的回声。清澈的语言，是浮动的暗香，晶莹剔透，不经意间滋润着你心田。

生活总是那样的忙碌，时间久了，常常觉得心变得浮躁，疲惫的思想也无计可施。而当你走入密密匝匝魅力十足的文字之林，你就会悠然而醉，境界大开。书就如一缕裹着春意的清风，把你带入温润的精神家园；也如薄幕里一泓悠悠钟声，给人带来远处的召唤。

我愿永远栖居于书中，让心田永远得到滋润。

（2010.6.7）

人生如喝茶

人生苦短,来日方长,不妨坐下来喝杯茶。

记得某地古寺里有副门联:是命也是运也,缓缓而行;为名乎为利乎,坐坐再去。

每个人从生下那一刻起,都注定要归于尘土。因此,沉着就是一切,活着就有乐趣。就像窗前的那颗石榴树,该生的时候,生气勃勃地来,长我的绿,开我的花,结出我的大红石榴。入冬了,该落叶了,痛痛快快地去,赤条条无牵挂,明年让新的叶芽从落疤里萌生。

人生就像喝茶一样,越喝越清醒,越喝越淡泊。不无谓地沉迷于过去,也不狂热地期盼未来。老了就老了,从容地交给世界一副慈祥的脸,没必要去争、去回避、去粉饰。无论多么巧妙的粉饰都是一种徒劳和愚蠢。没有皱纹的姥姥是不可亲敬的,没有锈蚀的青铜是伪造的。

喝茶不同喝酒。酒是越喝越热闹、越兴奋,而茶则是越喝越清醒、越淡泊。听人说:老僧斗茶,名仕评水。吾辈虽非老僧名仕,但若非心静如水,是断品不出茶香水甜的。

(2009.5.23)

南望山微话

诗意杨柳春风闹

春,是三月放飞的"风筝"。当二月的轴轻轻地摇动的时候,春妹子踏着轻盈的舞步,已悄悄地来到了我们的身边。而最先感觉春的律动,泄露春光信息的使者,当首推柳树了。你看,当江河缓缓解冻,残雪刚刚消融,万物在冬的噩梦中尚未苏醒的时候,柳条上那鹅黄粉嫩的芽苞已鼓起欲绽。一夜春雨,万千泛绿滴翠的袅袅枝条,便在大自然的舞台上首先轻歌曼舞起来!

"依依袅袅复青青,勾引春风无限情。白雪繁花空扑地,绿丝条弱不胜莺。"正是多情意的杨柳,用它青青的细枝柔条,做成了鲜绿柔美的裙子,引诱娇羞的春妹子日夜兼程而来。河边垂柳下相偎相依的情侣,难道不是柳丝拴住他们的缘分情结吗?柳荫中晨练的老人们会说,心中有一片无限生机的新缘。带着柳条帽的牧童坐在牛背上,吹奏着清脆婉转的柳笛儿,惹得花笑莺飞。

难怪人们爱柳种柳啊!柳原来是春的象征,是情的化身,是生命的精灵。那婆娑轻扬多姿俪人的风韵,就是人间阳春的缩影。即使扭曲了枝干,也从不呻吟,把痛苦化作缕缕真情,给人启迪,催人奋进。甚至雷劈火烧,枝干砍尽,也会顽强地再生!

在低垂轻扬的柳条间漫步,你会感到春光灿烂,心旷神怡;你会觉得生命无限美好,生活充实甜蜜。在柳荫下闲坐静思,你会感到绿汁渗了心肺及至全身,从而走进"淡泊明志,宁静致远"的美妙意境。面对劫而复生的<u>丛丛新枝</u>,即使形同死灰,也会被强烈的震撼唤醒。那柔条嫩叶上的点点露珠,疑似情人们的悲喜眼泪串成;那癫狂飞舞的柳絮,多像烈火灼烧的爱心,无所顾忌,结伴飞行,去寻找那伊甸园的梦境。春风轻拂,柔条缠绵飘动就像情人翩翩歌舞;似有似无的喃喃细语,流淌着情爱诗意的温馨。姑娘们常把两根柳条拴在一起,那是寄托春心的憧憬;小伙们远行,常拿着心爱人折送的柳枝,走向四方,信心倍增。老人们也情不自禁地追扑白雪似的飞絮,仿佛追回了逝去的青春。唯有尽情嬉戏的孩童,把五颜六色的书包挂在柳树上,装满了梦的希冀和无瑕的童真。

柳树枝繁叶茂,给远行的跋涉者遮荫送凉;她不择条件随遇而安;她镇沙挡风不怕恶浪。枝条充荒终不悔,新叶作茶送清香;躯干为农舍当梁作柱,磨成碎浆也要变成洁白的纸张。它朴实无华默默奉献,品格高尚;她坚贞不屈蓬勃向上,就是我们做人做事的光辉榜样。

杨柳春风千万条,青听新翻柳枝俏。十八大光耀大地,诗意杨柳春风闹。

(2011.7.3)

体力劳动是一种砥砺

北京某部委一位 30 岁的博士生因不会做西红柿炒鸡蛋,而不得不打半小时的长途电话,向远在南宁的母亲请教。更令人匪夷所思的是,他的母亲还得经常乘飞机或者火车到北京为他洗衣服。这位博士生在生活自理能力上的缺陷,也折射出他的人格缺陷。

劳动有体力和脑力之分,但没有什么贵贱差别。然而,某些人受封建思想的影响,都轻视体力劳动。这位博士生的母亲坦言,儿子除了学习,不用做任何事情,更别说干家务。儿子考上大学后,她经常乘飞机或火车到北京为儿子洗衣服,儿子参加工作后,她依然如此。这种畸形的"爱"培养出来的是社会的"畸形儿",根本就不是国家和民族的栋梁。

试想,让一位连基本的生活自理能力都没有的博士生,挑起家庭和社会的重担,那简直让人无法想象。从这位博士生的人格缺陷中,我们应该反思现在的教育理念和教育方式的缺陷。

未来社会的严峻挑战,需要我们的孩子具有良好的心理素质。时下,一些家长和教师只关注孩子的学习成绩,而忽视了对孩子进行体力劳动教育,其结果是给孩子们留下了不少"后遗症":有的孩子自立能力差;有的孩子不尊重劳动人民;有的孩子缺少艰苦朴素、勤俭节约的品质。这些都是我们不当的教育方式造成的恶果。

体力劳动教育应成为培养孩子健全人格的必修课。马克思说过:"体力劳动是防止一切社会病毒的伟大的消毒剂。"

我们的家庭教育、学校教育和社会教育,应让孩子们参加适当的体力劳动,在劳动中增强孩子们认识和改造世界的能力,这对孩子们形成健全的人格有百益而无一害。孩子们有了健全的人格才能经受住各种困难的考验,才能担负起我们国家富强和民族振兴的重任。

(2010.7.7)

南望山微话

不可只盯"闪光点"

何时开始无法考证,领导下基层都要事先通知、事先"安排",看"样板"、赏"典型"、听"汇报"、评"政绩"已成了"惯例"。一些基层干部谈成绩时不厌其多、不厌其烦,一些基层干部在谈到形象工程和政绩工程时,说假话干脆利落、斩钉截铁,脸不红心不跳,好一副"英雄"本色。话说回来,我们一些领导自身"不求甚解"的思想态度,在很大程度上也助长了浮躁作风,实际上也给"政绩工程""表面文章"等形式主义留下了生存的空间。

前些时读到两则旧闻。讲的是国家总理温家宝同志在担任中央书记处书记的时候,曾经到河南省某地视察一个房屋漂亮、马路宽阔的农民新村,温总理问:"这样好的村子在你们县占多少啊?"县委书记支支吾吾地说,百分之二十吧。温总理又说:"还有百分之八十的农村是什么样子呢?带我去看看!"另一次,温总理到安徽霍山县检查扶贫工作,查看了山路附近的一个没有事先"安排"的村庄,了解到老师工资拖欠严重。然而不知此事的县委书记却汇报说:"决不拖欠全县职工一分钱工资!"被温家宝总理说破实情后,当时的场面非常尴尬。温家宝总理的这"一问""一看"着实发人深思，让人叫绝。

我国底子较薄、人口众多，全面建设小康社会的任务十分艰巨。这些年我们虽说取得了不小的成绩，可存在的问题应该说还很多，而且一些矛盾还比较尖锐。这就要求我们党政各级领导治"虚"要"务实"、治"假"要"求真"。在工作实际中说经验更要说教训，看成绩更要看不足，应大树务实求真之风。"我是来搞调查研究的，不是来参观的，请你们不要只让看'闪光点'！"温家宝总理的这句话，每一位领导干部都应该切记，始终保持清醒的头脑，不可蜻蜓点水，切不可被那些善于取悦上级的下属牵着鼻子走，让"下级指挥上级"，各级领导应多到矛盾多的地方看一看，多到贫困地区走一走，诚心诚意听听基层的呼声与意见，扎扎实实地了解基层真实的生产生活情况，并要及时解决基层生活生产中存在的特殊困难和问题。唯此，才能实情在握，胸怀全局，工作思路才会清晰，以便制定出科学的决策，减少或杜绝失误。

(2009.4.3)

南望山微话

太阳总是新的

人生处在幸运与不幸之中。有人平安,有人一帆风顺,有人春风得意马蹄疾。然而人生也有不幸的时候,总有一些灾难抑或不幸落在你我的头上,总有一些无法改变的事实叫我们黯然神伤。该得到的没有得到,多灾多难,饱受心灵的创伤,命运不公……我们所有的伤痛和苦楚都无法言喻。

过去,我们都有梦想,都有憧憬。对未来、对生活充满激情,对理想充满期盼与渴望。我们都为自身的存在感到骄傲,为初升式的太阳感到自豪。但是,现在,我们在遭受着一系列挫折与痛苦,还有不公。

其实经历了如此之多的是非真假之后,你应该发现,我们不能哀怨,不能叹息,不能漠视自己的存在。我们需要坚韧,需要勇敢,需要鼓起心中的风帆,升起心中的太阳。大喜大悲只在人生长途的某一瞬间定格、落幕。生活是真实的,生命是美丽的。只要我们尚存一口气,就一定能感受到还有许多更加美好的东西。

你我都是极其普通的老百姓。我们无法改变命运,但可以改变自己;我们无法改变环境,但可以改变心情。在心灵深处,我们可以千次万次地感动自己。

忘记那些往事,你会发现,太阳总是新的。 (2011.6.4)

南望山微话

君子泰而不骄

人有了身份或学问后,名气也就跟着来了。这时候最要紧的还是要自谦、自律,"成熟的穗子低头,满罐子水不荡"便是这个道理。正所谓"君子泰而不骄,小人骄而不泰"。可世上偏偏有些人愿意辜负自己那么一点可怜的"名气",啥场合都经不住别人的恭维、抬举,说他是"泰山"他就故作高深,说他是"北斗"他就不可一世。于是,张口闭口似乎都是"经典",或一头驴夸张成一匹骡子,或一匹骆驼硬说不如马大,到头来丢人现眼、留下笑柄。

人最怕肚子没货硬装有货,明明只知一鳞半甲硬做出学富五车的模样。作家陈世旭闲暇时间喜好书法,什么颜、柳、欧、黄的字都临过帖,二王、怀素的笔墨也有过领悟。一日朋友介绍一"高人"来到他的办公室,那人一见面便奉送其刚出版的画册,上面的每一面都是他与一位艺坛精英的合影,许多名字都是日常如雷贯耳的名家。"高人"见陈世旭办公室那一整墙上的字,竟毫不犹豫地指点说:"你这行书写得可不怎么样,不妨学学草书试试。"陈刚要说明什么,"高人"立刻打断说:"我是整天在大师门里进出的,他们一人扔我一句我也早饱了。"那"饱"字自然是饱学之饱。其实,陈要说明的是，那墙上的字乃是张旭、怀素、黄庭坚之后的草书圣手祝允明的手迹。内容是杜甫的《秋兴八首》，为祝允明平生得意之作，是草书艺术的经典之一，所谓"怒龙喷水，奇鬼缚人"，后来不知令多少书法家佩服得五体投地。陈世旭为人厚道，当时又有第三者在场，没有当面点破，若是换一个急性人一口端出，看你"高人"怎的拿裤子遮脸。

越是有身份、学问的人，操守越是要严谨，若你脑子里只装着自己，那只能蒙受被人揭下面具的耻辱。1501年，意大利著名雕塑家米开朗基罗曾在佛罗伦萨雕刻了一尊石像，因为那尊雕像体积庞大，又将摆放在城市的显要位置，因此他从构思、手法上竭尽全力，经过近两年的艰辛创作，才完成了作品。预展时，佛罗伦萨万人空巷，对他的创作叹为观止。这时候市长先生来了，许多权贵小心翼翼地征求他的意见。市长立刻装模作样地审视，傲慢地晃着脑袋说雕像的鼻子低了点。米开朗基罗立刻答应加高鼻子，他让助手取出工具，提着石粉对石像的鼻子进行加工。米开朗基罗在石像的鼻子上抹着石粉。一会儿，对市长说石像的鼻子高了。市长看后，挺满意地点点头说："行了，这才是完美的艺术！"市长走后，米开朗基罗的助手惊叫："你抹了三把石粉，石像的鼻子根本没加高啊！"

据说那尊石像还矗立在佛罗伦萨的街头，知道那尊石像来历的人都知道这样一句谚语："权贵的虚荣就是石像鼻子上的三把石粉。"

(2012.7.8)

饮酒攻略

我们这个民族自古非常讲究吃喝,城里到处都是酒家、饭店,过节吃、平时吃、请人吃、自己吃……由吃引申出了系列的概念,喝的艺术,造就了一批美食家、品酒师。

魏晋时期,名士迭出,但最富特色的,要数刘伶。刘伶是"竹林七贤"之一,"七贤"中,如阮籍、嵇康等,多富文采,以诗文贤。刘伶文采平平,何以为贤呢?原来刘伶酒才颇高,以酒贤。刘伶文采虽亏,却也有一篇短文传世,这便是《酒德颂》。文中说他"止则操卮执觚,动则挈榼提壶",可见其爱酒之深。魏晋时期,"老庄"盛行,士族多崇尚自然,鄙弃礼法,刘伶也许对"老庄"哲学理解得最深刻,有时雅兴上来,便在屋里脱光了衣服饮酒。有的礼法之士觉得不堪入目,上门责备他,刘伶便反戈一击,"天地是我的阁楼,住室是我的裤子,你怎么钻到我的裤子里来了?"在家里喝腻了,刘伶便到外面喝。于是,他驾起鹿车,载几坛美酒,悠悠然出发了,车行人饮,别有风味。但更有意思的是,每次"酒游",他的车后总要载一位扛一把铁锹的仆人。有人不解,问他,刘伶便醉醺醺地一乐,"咳,一旦醉死,就地一埋,省得麻烦"。刘伶如此饮法,妻子受不了了,便对其搞"经济制裁"。没钱,怎么饮酒呢？刘伶心生一计，对妻子说："要我戒酒，需有神助，得祷告上天。"妻子便摆上香案，出去买来酒肉设上供，让刘伶对神起誓，从此戒酒。刘伶便跪下来，赋"打油诗"一首，"天生刘伶，以酒为名，一饮一斛，五斗解酲，妇人之言，慎不可听"。吟毕，又大嚼狂饮起来。

那么，刘伶为什么如此嗜饮呢？据史家分析，这并非一味放纵，而是一种自我保护。当时，朝政黑暗，士林中人，稍有不慎就有断头的危险。酒海浮沉，诸事不问，就安全多了。史载，魏晋之际，"名士少有全者"，而刘伶"以寿终"。看来，刘伶爱酒倒并没有白爱，杯中之物对他也算是有所回报了。

存在就是合理，合理就是讲究，讲究就是策略，策略就是艺术。

人生在世，每一个人都想让自己的人生辉煌，但私心也许只有一个：在具体生活的"酒桌"上争取一个名额。《红楼梦》里史湘云劝诫贾宝玉："如今大了，你就不愿去读书考举人进士的，也该常常地会会这些为官做宰的人们，谈谈讲讲这些仕途经济的学问，也好将来应酬事务。"这里的应酬就是扬名立世赖以生存的手段，要在人海茫茫的圈子里混，就不得不和形形色色的人物打交道，不管你是紫禁城里的皇帝，还是"隐于市、隐于野"的俗人。不管你是宽袍大袖的古时人，还是西装革履的现代人，都离不开应酬这个俗套。

其实，多数人喝酒并非出于自愿，如同一个对食物没有欲

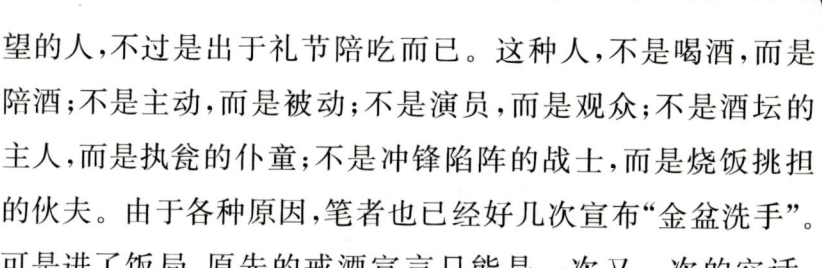

望的人,不过是出于礼节陪吃而已。这种人,不是喝酒,而是陪酒;不是主动,而是被动;不是演员,而是观众;不是酒坛的主人,而是执瓮的仆童;不是冲锋陷阵的战士,而是烧饭挑担的伙夫。由于各种原因,笔者也已经好几次宣布"金盆洗手"。可是进了饭局,原先的戒酒宣言只能是一次又一次的空话。有时因他人的"将军",酒不但要喝,而且常喝得酩酊大醉。

每至饭局,常闻酒量大者埋怨,说是喝酒最怕"红脸蛋的、梳小辫的、带药片的"。其实,那是酒场弱者的一种迂回"艺术"。酒量小者忐忑不安,多善周旋,劝酒之时,或央求或胁迫或巧言,总之要让别人多喝自己少饮,甚至灌醉别人。笔者观察,微醉憨态尚可掬,烂醉如泥是可憎。也曾见过喝高出丑的人,有的口出不逊之言,伤人和气;有的当场滑下椅子,"现场直播";有的横卧闹市大街,人事不省;有的歪倒路边泥沟,鼾声如雷……

毛泽东同志曾说过:革命不是请客吃饭。《红灯记》里鸠山设下"鸿门宴",也并非真的让人去吃饭。李玉和"临行喝妈一碗酒",说是到了那里"千杯万盏回应酬",这个"应酬",其实,就是酒场上的生死搏斗的"策略"。现在时代不同了,有些时候的"革命",不是请客就是吃饭。饭局说的是吃饭,实质都是斗酒或者别的,假如你遇上这种场合,在"名士少有全者"的情况下,想像刘伶一般"以寿终",不讲"策略"是行不通的。

(2012.5.16)

莫给腐败推波助澜

前些时,听一位友人讲过一个故事:改革开放初期,有一个县长很清廉,做官很正派,政声颇高。他对于民间的财物不妄取一丝一毫,特别是对那些曲意逢迎者,更是不屑一顾。天长日久,上下同僚便与其疏远起来,工作上阻力重重,最后连司机也因为得不到好处而调离了。直到有一天,领导告诫他说,要注意团结,团结才是生产力,团结才能出干部。时过不久,这位县长被调往异地。

不知道这位县长后来的命运如何?如果他碰上一个意气相投的领导,可能是一件幸事;如果后来的领导也非常注重"团结",那他的官就做到头了。

上述故事说明一个问题,在民间,还存在一种"挺腐"的力量,对腐败推波助澜。但民间,"挺腐"有一个更为深刻和隐藏的来源,而且大多是出于一种无奈:涉及到个人利益的时候,很多人就会选择通过腐败的途径进行解决,事关个人利益就丧失立场,已经成为一股社会歪风。比如说孩子上学差几分、升迁时遇到硬杠杠过不去、提职称时差那么点条件……就会想到用腐败的方式。

我们都非常痛恨腐败,痛恨公权滥用带来的种种危害,因为腐败已经打乱了我们原本正常的社会秩序。民间产生"挺腐"的原因,应该说根子还在政府部门,因为我们的一些管理者并非都像天使一样的纯洁,一些人滥用公权,没有条件也要创造条件搞腐败,为了谋求利益,大搞"部门立法",公器私用,四处寻租,腐败愈烈,"挺腐"愈盛。

当然,腐败风气并非都是"挺腐"造成的,但是民间"挺腐"却给腐败提供了营养。只有我们政府的各个部门在管理社会公共事务时,真正树立起为人民服务的意识,将事关人民利益的上学、就业、就医、提干、加薪等事项置于阳光之下,严格执行各项规章制度,不给腐败分子可乘之机,民间的"挺腐"就会自动瓦解。

(2012.8.6)

南望山微话

侃"牌"

牌这玩意儿,就笔者所见,有扑克、纸牌、麻将、骨牌等。这劳什子究竟起源于何时,兴起于何地,未作考究,但对它惊人的魅力是深有感触的。前些年,逢年过节,亲朋好友在一起,玩上几盘,是常有的事。这些年,这玩意儿似乎也"进步"了,由"逢年过节",变为了"长年累月";由"亲朋好友",变为了"芸芸众生"。那普及率,够高的了;那普及的速度,够神速的了。正如一位诗人所说:"忽如一夜春风来,千树万树梨花开。"

近日得暇,与二三友人茶楼小坐,天南地北闲侃一气。目之所及,见不少茶客吆五喝六,牌玩得甚是带劲。于是我们转了话题,你一言,我一语,谈论起"牌风甚炽"的原委,择其要而言,大致有如下几点:

其一,"乐缘",通俗点语,即与"娱乐"结缘也。这大概是最普遍的一种。工作之余、周末之时,亲朋故旧、左邻右舍,凑在一起,玩上几圈,笑闹一番。让它做个"引子",大家图个高兴而已。玩到兴尽人散,谈不上什么输赢,大家哈哈一笑,各自回家,做个好梦……

其二,"金缘"。顾名思义,"金缘"者,与金钱结缘也。这类人,聚在一起,目的很清楚:为了"钱"。他们手中的牌,只是一种为了把别人的钱装进自己腰包的一种工具而已。为达到这个目的,他们极具贪婪性,赌注颇大,有些"超级赌徒",往往一掷千金。这样一场下来,有的倾家荡产、家破人亡,有的铤而走险、打家劫舍、危害社会,有的贪污受贿、触犯党纪国法。此等案例,媒体常有披露,不须细说。而那些"赌运亨通"者,因这些钱"得来全不费功夫",于是乎吃喝嫖赌,无所不为。这真是"几家欢乐几家愁",好端端一个"清平世界、朗朗乾坤",叫这帮赌徒们搅成了什么样儿?真正是让人"是可忍、孰不可忍也"!真正是"庆父不死,鲁难未已";赌博不除,国无宁日也!

其三,"官缘"。"官缘"说穿了就是为了做官而与牌结了缘。其实,此道也不是什么新鲜玩意,曹雪芹先生的《红楼梦》中已有记载,宁、荣二府的大总管凤姐,为了赢得"老祖宗"贾母的欢心,以巩固自己的地位,谋得更大的权力,其手段之一就是陪着"老祖宗"玩牌逗乐儿,"为了让贾母赢,她故意出错牌,却又假装埋怨自己"。让贾母真正感到她的"孝顺"。她把巴结贾母以"固宠"的心思,用在这种所谓的"娱乐"(这是不同于前面所讲的"乐缘"中的"娱乐"的,是带有浓厚的功利色彩的"娱乐")形式中。据新闻媒体披露,有的官员为了爬上更高的官位,将"王熙凤陪贾母玩牌"的法子,玩得更加出神入化,借此,与官结缘,变着法子"行贿买官"者有之,捞取别人的好处者也有之。这样的人,一旦所企盼的"官"到手,也会像"凤辣子"那样,在"荣、宁二府"更加作威作福,欺上压下、巧取豪夺。

  上述与"金"、与"官"结缘的"玩牌",实是坑害社会、坑害人民、坑害党的事业,更是与构建和谐社会背道而驰的。我们关键的是要结"民缘",胡锦涛同志说:"要以人为本"。像那种不结"民缘"的玩牌,我们决不能干。

(2011.9.7)

南望山微话

牛玉儒为官之道

做官先做人，做好官必须先做好人。新时期领导干部的榜样、内蒙古呼和浩特市委书记牛玉儒同志遵奉的就是这句话。牛玉儒同志勤奋从业的忘我精神和勤政为民的公仆情怀，为我们党员干部树立了一座精神丰碑。

牛玉儒同志牢记党的宗旨，全心全意为人民服务。他无论在什么岗位，干一行爱一行，脚踏实地，任劳任怨。即使在他生命垂危的时候，想到的仍然是呼市的发展，表现了一个共产党员对工作无限热忱和对事业的执着追求。我们共产党人做官就应像牛玉儒那样，做勤奋从业、恪尽职守的官。深怀爱民之心，恪守为民之责，善谋富民之策，多办为民之事。我们共产党人做官应在成绩面前不居功自傲和故步自封，要视岗位为天职，视尽责为使命。

牛玉儒勤奋学习，追求高尚的人生。无论工作多忙，他也要挤时间学习政治理论，汲取营养，坚定政治方向，提高明辨是非、拒腐防变的能力。他把"做人有人格，做官有官德，做事有本事"作为自己为人处世的基本原则，以实际行动践行"立党为公"的重要思想。共产党人做官就应像牛玉儒同志那样，努力学习和掌握科学理论，不断增长知识才干，提高思想境界和道德修养，摆脱低级趣味，抵制各种诱惑，正确对待自己的名誉、地位、利益，解决好"今天工作为什么，当干部做什么，将来身后留什么"的问题。

牛玉儒同志严于律己、意志顽强、清正廉洁、淡泊名利，具有坚强的意志。他常修为政之道，常思贪欲之害，常怀律己之心，始终做到一尘不染，一身正气。我们共产党人做官就应像牛玉儒同志那样，要恪守领导干部的行为准则，砥砺名节，严格自律，"慎权、慎欲、慎微、慎独"，自我告诫，自我警示。生活上自奉节俭，精神上乐于进取，工作上兢兢业业，用高尚的人格影响人，用廉明的工作感召人，树立领导干部崇高形象，保持共产党员的先进性。

（2009.10.12）

南望山微话

侃"嫉妒"

嫉妒似乎是人的本性。有的人,看到别人比自己的钱多、房子好,心里就有些不舒服;想到别人比自己地位高、权力大,则愤愤不平;拿他人年轻漂亮的妻子与自家的"黄脸婆"一比,一丝醋意便油然而生……这便是常人的嫉妒。常人往往以贬损别人及其所有来浇自己胸中妒火。当他们将别人说得比臭狗屎还要臭的时候,自己的心里才会稍稍平衡。

与常人不同的大人物们的嫉妒则是另一种情景。常人的眼睛多盯在"物"上,而大人物的心思似乎总在"物"之外。比如古代的皇帝,天下都是他的,自然要什么有什么,别人金满箱银满箱不可能让他害红眼病。照理说,只有别人嫉妒他,而他绝不会嫉妒别人的吧。可事实上却不是这样。据《隋唐佳话》记载:隋炀帝作了一首诗,要随身的大臣们来和。因皇上的诗中有押"泥"韵的诗句,大臣们认为难和,谁都不敢造次。薛道衡来晚了一步,遵命和诗一首,题为《昔昔盐》。其句中有"空梁落燕泥"句,隋炀帝认为出己之上,妒火中烧,后来,找个借口把薛杀了。临刑时,帝问薛:"复能道得'空梁落燕泥'否?"隋炀帝嫉妒什么呢?嫉妒薛的才华,而才华在薛的肚子里,不可能把它挖出来归己所有,只好一杀了之。由此可以看出,任嫉妒之火蔓延,人就会失去理智,甚至会丧失人性,干出伤天害理的事情。今天的现实生活中,因妒才而置人死地的事可能不会发生。但是,像《水浒传》中白衣秀士王伦那样的领导者还是大有人在的,所以有才能的人穿小鞋、受冷遇的事也就在所难免了。

有的人看到你跑在他的前面了,他会竭尽全力奋起直追,即使追不上也无怨无悔。而有的人则不同。当他在你的后面,就会想方设法扯你的后腿,让你摔跤子,栽跟头,跌得鼻青脸肿,眼睁睁地看着他遥遥领先。如果真的如学者所说,笔者倒觉得前者的"嫉妒"不是嫉妒,而称之为"羡慕"才恰如其分。毕竟羡慕和嫉妒是有本质区别的。

无论怎样,嫉妒都是一种很不好的情绪。当你对才能、名誉、地位比自己高的人心怀怨恨之心时,你怎么能够始终保持一种平和的心态?你又怎能与他人和睦相处呢?你会对周围许多美好的东西视而不见,你会斤斤计较个人的得失,你会生活在别人的阴影中而不可能享受到人生的真正乐趣。古人云:知足者常乐。细细想来,世界上没有一个人在所有的方面都比其他人强,我们每个人都有自己值得自豪或欣慰的地方。我们不应把目光只盯在别人身上,而应该更多的审视自己的内心。让我们珍惜自己所拥有的,坦坦荡荡地做人,尽心尽力地做事,让快乐永远与我们相伴。

(2008.7.3)

南望山微话

留点空间思考

"人类一思考,上帝就发笑",为了怕上帝发笑,于是就不再思考。其实说这话的人一直没有停止思考。步履匆匆的当代人在商品经济的包围中,来不及也不想思考,满当当的生活里,塞进了休闲和娱乐,并成为时尚。消费时代吞蚀了思考的空间。丢弃了追问,就只有凭着感觉,不明不白地生活着,像患了白内障,眼前茫然一片。

生活中没有思考,犹如穿行在黑暗中,没有目标,缺失方向,生活不知在何处。思考是隙缝中的一柱亮光,攀沿着它,就能走出黑暗,走出迷茫,找到目标,找到方向。

变革时代的人们正是生活在追逐之中,非理性的追逐会使人发疯。我们在没有思考的追逐中,看到了太多的悲剧。眼下的世界,对思考的人来说追逐的是希望。茫然的追逐,得到的只能是比茫然更茫然的虚空。

无序的时代,增添了许多烦恼。哀婉与叹息淹没了生活的乐趣。其实烦恼的生活给思考留下了更多的余地、更大的空间、更充足的资源。思考是烦恼生活中一朵美丽的精神之花。有了这朵花,烦恼也变得富有意味。无端的烦恼和具有

意味的烦恼,是不一样的。

人不是生物学意义上的动物,不是机器。思考是灵性之光。这万物的灵长,总是在想着一个问题,该做什么,怎么做。正是思考着的人,拉开了和动物间的距离。思考是一把万能的钥匙,使人类变得聪明。思则睿,睿则圣。所有的愚钝都是因为思考出现了故障。

思考不需消费,不会透支,只需要一颗智慧的头颅。忙碌的隙间,停下错乱的脚步,在理性的烛光中思考一下生活中的已知和未知,其实是件非常美好的事情。

(2010.10.13)

南望山微话

朋友和他的儿子

五年前,朋友的儿子高分考入某重点大学,同事们一阵赞赏;去年,又以高分考取了某重点大学的研究生,又令同事们羡慕不已。

朋友与我既是同事,又是邻居。朋友的儿子是我看着长大的。他身上的确有很多优点,我觉得,都是从其父母身上学到的。

朋友爱读书,每天晚饭后,看完《新闻联播》《焦点访谈》,便开始他的读书课,直到休息。虽然没见他读出多少名堂来,但几十年如一日,持之以恒。朋友的儿子两岁时,就模仿他爸爸读书。尽管连书的正反都不知道,但也拿本书坐在旁边,装模作样哗啦哗啦地乱翻,一看就是好长时间。稍大一点,能看懂了,就更喜欢读书了。他特别爱惜书,从小不撕书,把他的小人书保管得整整齐齐。每次随父母上街,必须到书店买几本书,到高中毕业时,他的藏书已有上千本。

朋友的妻子是个能干的人,事事有条理,做家务也是如此。她常把近期要做的事列出清单,做完一件,划掉一件,直到做完。朋友的儿子也像她妈妈一样,从上小学开始,每周写一张卡片,把本周要完成的学习任务写在上面,放在文具盒里,做一件,打一个勾,周末一定勾完。

朋友是一个能吃苦、有毅力的人,不论做什么事,不做则已,要做非得像模像样不可。朋友的儿子也像他父亲一样,有股这样的牛劲。他12岁那年,学校组织学生到农场摘棉花,吃、住都在棉农家,吃的是粗茶淡饭,睡的是地铺。早出晚归,两头见星星,每天要摘30多公斤棉花。比他大几岁的同学都当了逃兵,中途回家了。他爸也想接他回去,他谢绝了。他说,既然来了,就要摘完,一直坚持到结束。回到家时,晒得像非洲孩子。

朋友的妻子是个热心人,有人到家做客、闲聊,必热情接待。朋友的儿子也从小就会待人接物。有人到他家,他会主动问好、让座、端茶、递烟,向你说明父母不在,有事请留言,同时给你递来纸和笔。

朋友的儿子还有许多优点:尊敬长辈,见到邻居的爷爷奶奶、叔叔阿姨彬彬有礼;关心同学,有哪位同学没上课,课后他就到同学家去看望,常是他送生病的同学到校医院;关心集体,他们班里的许多用具,都是他从家里拿去的;好学上进,不甘落后,文艺、体育、演讲、辩论,各项活动都要参加,成绩还都不错。

朋友和他的妻子从来不对儿子发火,常和儿子打扑克、下象棋,嘻嘻哈哈、叽叽咕咕、打打闹闹,倒像是朋友,儿子偏偏那么听话、懂事,真令人羡慕。这可能就是人们常说的"身教重于言教"吧,"榜样的力量是无穷的",这就是道理所在。

(2008.4.24)

黄山挑夫

早几年登黄山,对"黄山归来不看岳"深有感触。云海松涛,奇峰异石,怪树飞瀑,绝妙地相映成雄奇秀丽的人间仙境,令人叹为观止,这些皆无需赘言——"前人之述备矣"。而最让人难以忘却的是黄山挑夫。

黄山的景色固然很美,但登黄山却不轻松。就是健壮的小伙子,空手从山脚登上山顶也得大半天时间,还累得汗流浃背,气喘吁吁,不经常运动的人下山后腿脚会酸痛好几天。徒手登山尚且如此,负重上山就更加艰难了。

山上的货物通道尚不健全。山上需要的建筑材料、生活用品等货物,不少的还要挑夫们搬运。小件货物单人背驮,大件货物则数人抬运。单人用木架背驮的有水泥、石子(山上的石头是不能动用的)、粮食、蔬菜,甚至还有活猪。像成箱的玻璃、成块的大石、成根的木头(山上的木料也是不能使用的)等大件货物就只能数人抬运了。挑夫们或驮或抬,负重夹杂在游人们中间,逶迤而行,令人感叹。

单人背驮者往往脚踏一双军绿色胶鞋,粗壮的小腿裸露在高卷的裤管下面,腰间系着一个不大的布包,一手扶着肩上的驮架（驮架上的货物一般在 50 公斤左右），一手挂着下端嵌有铁箍的木杖，低着头，一步一坎地向上攀登。用木杠抬运货物者，装束与背驮者一样，他们口中"吭唷、吭唷"地喊着号子，一步一步很有节奏地攀登着。遇上较陡的台阶时，货物重量几乎全部移到了后面人的肩上，这时你看那后面的人昂着头，瞪着眼，咬着牙，脖子上的青筋一跳一跳的，通红的脸色有些发紫，口中的号子声变得低沉喑哑——"竭尽全力"就是这样子。实在累了，他们会选一处稍稍宽缓的地方放下货物，挂着抬杠歇息一会，然后领头者一声"上肩喽，起！"，他们便又"吭唷、吭唷"地继续攀登前行。

  挑夫们背负着沉重的货物登山，却不显得愁苦。歇脚时，他们或相互开着玩笑，或反观游客登山时怪异的样子和不堪愁苦的表情，有时还大声唱几句山歌，吼几嗓山调，借以放松肌体。中午时分，挑夫们放下肩抬背驮的货物，吃点东西，喝点水，歇息的时间稍长一些以恢复体力。笔者见一位驮着两袋水泥（重量约 100 公斤）的挑夫，将驮架靠在一棵稍大的树边，用木杖撑稳，很舒坦地坐下。他取下斜背的水壶，用手巾揩净脸上和身上的汗水，拧干手巾披在剃得光光的头上，然后拿出预备的午餐：半只熟鸡、两枚咸蛋、几张面饼，还有一小瓶酒。只见他抿一口酒，咬一口鸡，吃一口饼……他那棱角分明的脸上洋溢着幸福的光彩——那份满足，那份自得，那份惬意，真的令人神往。

（2011.5.5）

南望山微话

勤劳·创新·致富

　　勤劳致富这句话，讲了很多年，对其含义的正确性，笔者过去一直深信不疑。近来反复思考，认为这种提法有值得探讨的地方。

　　中华民族是个伟大的民族，优秀美德很多，其中一个就是勤劳。但是，勤劳的中国人经过了几千年，好不容易迈出了封建主义的门槛。到 19 世纪末 20 世纪初，还出现倒退，竟然滑向半封建半殖民地的社会。人民饱受多方面的压迫，连基本的生存权都没有保障，更谈不上富裕。

　　中华人民共和国建立后的计划经济年代，人们在毛泽东同志的倡导下，自力更生，艰苦奋斗，大办农业，大办工业，普遍追求的是国家富强、民族振兴，不计较个人的报酬，没人说想个人致富。勤劳在那个年代，只能是无私奉献的体现。因为大家在个人收入上，几乎是平均主义，谁也不可能富在别人前面。

　　到了改革开放年代，农村实行了联产承包责任制，中国人解决了温饱，但还是不富裕。就是达到这种状况，其主要因素也未必是勤劳，起主导因素的，主要是政策的调整、科技的进步、农业生产方式的改变。

最近,看到一个致富典型,讲的是浙江省临安县农民改变雷竹竹笋上市时间的事。原来,这种竹笋是在清明节前后上市,与其他竹笋上市时间挤到一起,卖不出好价钱。每公斤一般只能卖2元。2003年,当地农民在技术人员的帮助下,到秋末时,就在雷竹竹林地面上先铺一层稻草,再盖一层粗壳,提高了地温,竹笋在春节就能长出来,而且产量高,更鲜嫩。提前到春节前上市,每公斤最低价8元,最高达12元。一亩竹笋的收入,从千元提高到2万元,每户农民靠卖竹笋年收入就能稳稳当当达到6万余元。

在竹林里铺稻草、盖粗壳,并不能说是个很吃苦的事,也不需要起早贪黑,勤扒苦做,却走上了富裕的道路。根本原因是什么?是生产技术的创新。这不能不让人想到,致富固然离不开勤劳,但勤劳却不是致富的唯一原因。作为个体劳动者,想致富就必须去创新,同样,中国要想富强,就要依靠中华民族的共同创新、勤奋创新。

(2012.3.3)

南望山微话

你比别人多做了什么?

最近出现这样一种现象:不少名牌大学的毕业生想换个工作,可往往事与愿违。他们在应聘时将自己毕业于某名校作为优势,但很多用人单位却并不在意。有的用人单位还很明确地告诉求职者:"我们更看重你比别人多做了什么。"

"你比别人多做了什么?"这句话体现了社会上用人观念的变化,说明人们更注重实际工作能力和工作成果,至于你是哪所大学毕业的则被放到次要位置。实际上,无论哪所大学的毕业生总是有的勤奋进取、屡创佳绩,有的则满足于一纸文凭,而不思进取,虚度时日,最终一事无成。对于后者,一开始还可能笼罩在"名牌"的光环之中,但随着社会发展和用人单位的变化,他们恐怕将越来越难以立足。

"你比别人多做了什么?"我们每个人不妨常以此问问自己。

(2012.4.20)

南望山微话

从胡雪岩故居说勤俭

近日,到西子湖畔修葺一新的胡雪岩故居一游,感慨颇多。

这位荣任布政使、阶至二品顶戴、服享黄马褂的江南巨贾、"红顶商人",生前真是奢华到了极点。他用了整整三年,花了300万两白银,在10多亩的"风水宝地"上建成了一座豪宅,雕梁画栋、小桥流水……创下了江南园林胜景之最。

胡雪岩死于潦倒与忧惧之中,生命以悲剧作结,固然由于他陷于李鸿章与左宗棠斗法争锋之中,加之其人恃才傲物,性情乖张,又在与洋商生丝大战中惨败。可胡雪岩故居的豪华、奢靡,不能不让人感到,骄奢无度又何尝不是他的一大败因呢?

"历览前贤国与家,成由勤俭败由奢"。愿胡雪岩的悲剧能够避免,愿富而思俭、富而思进成为主流。

(2009.10.15)

后 记

对于文学,我也只是一种爱好,是我生活中的一部分,如同吃饭、睡觉、呼吸一样,几十年的岁月养成了一种爱读书、善读书的习惯,现在的网络阅读,给我的读书读报增添了更多的途径。俗话有云:"人生于世,会遇上8岁的老师,也会遇上80岁的学生。"这里说的就是读书读报时要勤于思考,思考成熟了写起文章来就快乐成章,我写的一些小文章就是在这种情形下完成的。

"举头红日近,回首白云低"。时常写些小文章,其实也是我的一个爱好,并没有什么非分的想法。近年来我从原来读纸质书读纸质报刊转换到网络上的读屏,这下就更加丰富多彩了。对于读书读报,各人都有自己的偏好,我喜欢文学,自然读的书报都与文学有关了,所读文章与我正在思考的问题碰在一起,产生共鸣,便立马写出自己的文章来。

我的写作始于80年代初,那时《杂文界》《杂文报》与《人民日报》《光明日报》《解放军报》及全国各大报刊联合,在河

北石家庄成立了"杂文函数学院",这个消息当时对我来说可是件大好事情,因为我一直以来都喜欢读鲁迅的书,想试笔又无从下手,正好是想睡觉时有人送枕头,我毫不犹豫的报名参加了学习。当时把学员实习"基地"和指导老师就地划分,学院为我指定的第一老师就是当时《湖北日报》评论部负责人、高级记者、著名杂文作家、书法家张宿宗老师,他当时还分管《湖北日报》的东湖副刊,有了张老师的指导是我写作的基础和福气。同时,《学习月刊》《长江日报》被指定为学员的实习"基地",学院要求,学员习作要在各实习"基地"择优刊登。当时的指导老师还有《长江日报》评论部负责人、高级记者苏天生老师,评论部总编、高级记者陈升钧老师,江汉大学陈泽群教授,华中师范大学邓黔生教授。这些老师当时都是湖北的杂文大家。那时我年轻,为了学知识,不论大小问题都要跑去当面向老师请教,问题请教的多,对我来说也是一种知识积累吧,在函数学院学习的两年时间里已在《杂文界》《杂文报》《工人日报》《长江日报》《学习月刊》《楚天周末》《江汉早报》《长江开发报》《长江水运报》《武汉晚报》《福州晚报》《襄阳日报》《孝感日报》《黄石日报》等报刊发表40余篇文章,当时真的觉得太高兴,比得到什么大奖还要兴奋,其实就是得益于大师们的用心点化。

我发表文章的盛期在1989—1999年,十年中发了连我自己也不知道多少文章,武汉人有句俗语:"火来了,门板都

挡不住"。我发表的文章,大都是大散文类的杂文、随笔、小品之类。我写文章从来不带什么目的,如果一天没写就像饭没吃好的感觉,总像少了点什么,一旦写好发出了,也从来不想报刊用不用。我粗略统计,这些年在全国各报刊及广播电台90余家媒体单位发表过文章,可到底发表了多少篇心中没数,因为高兴的时间就写稿子,不在乎是否刊发,更没想到要集结出书,所以就是收到样板样刊也未注意保存。现在出的集子主要是退休前这几年发表的文章,时间在2005年到2012年。这几年一起工作的年轻同事,他们都愿意多干些事务,让我有充足时间读书看报及写些小文章,这里要真诚地感谢他们!是他们的多付出,才让我集了这些小文章。

　　昨天再好,也赶不回来,明天再难,也要挺着继续。宽阔心怀,坦然生活。日子过得是心情,生活过的是质量,写文章这条路还要继续走下去的。

高新希

2018年5月